KB195269

변변찮은 마술강사와 금기교전
Akashic records of bastard magic instructor
23

akashic records of bastard magic

세리카
아르포네아
"야, 인마! 글레에에에에에에에엔! 너어어?!
이 몸에게 한마디 상의도 없이
이딴 변경에서 멋대로 결혼이라고라~?!
너 대체 뭔 생각이야!"

세라
실바스
"왜냐하면……
당신이 구하지 못한 사람은
단 한 명도 없었는걸."

변변찮은 마술강사와 금기교전 23

Akashic records of bastard magic instructor

히츠지 타로 지음
미시마 쿠로네 일러스트
최승원 옮김

교전은 만물의 예지를 관장하고, 창조하며, 장악한다.
그러하기에 그것은
인류를 파멸로 인도하게 되리라——.

『멜갈리우스의 천공성』 저자: 롤랑 엘트리아

Akashic records of bastard magic instructor

Character

Main

시스티나 피벨

고지식한 우등생. 위대한 마술사였던 조부의 꿈을 자기 힘으로 이뤄내기 위해 흔들림 없는 정열을 바치는 소녀.

글렌 레이더스

마술을 싫어하는 마술강사. 만사에 무책임하고 의욕 제로. 마술사로서도 삼류라서 장점은 전혀 없는 셈. 그런 그의 진정한 모습은—?

루미아 틴젤

청초하고 마음씨 고운 소녀. 누구에게도 밝힐 수 없는 비밀을 가지고 있으며 친구인 시스티나와 함께 열심히 마술 공부에 매진하고 있다.

리엘 레이포드

글렌의 전 동료. 연금술로 고속 연성한 대검을 다룬다. 근접 전투에서 비교할 자가 없는 이색적인 마도사.

알베르트 프레이저

글렌의 전 동료. 제국 궁정 마도사단 특무분실 소속. 신기에 가까운 마술 저격이 특기인 굉장한 실력의 마도사.

엘레노아 샤레트

알리시아의 직속 시녀장 겸 비서관. 하지만 그 정체는 하늘의 지혜 연구회가 제국 정부로 보낸 밀정.

세리카 아르포네아

제국 마술 학원 교수. 글렌의 스승인 동시에 길러준 부모이기도 한 수수께끼가 많은 여성.

Academy

웬디 나블레스

글렌이 담당하는 반의 여학생. 지방 유력 명문 귀족 출신. 자부심이 강하고 권위적인 성격의 세상 물정 모르는 아가씨.

린 티티스

글렌이 담당하는 반의 여학생. 약간 내성적이고 체격도 작아서 귀여운 동물처럼 보이는 소녀. 자신감이 없어서 고민이 많다.

기블 위즈덤

글렌이 담당하는 반의 남학생. 시스티나 다음가는 우등생이지만 결코 주변과 어울리려 하지 않는 냉소주의자.

카슈 윙거

글렌이 담당하는 반의 남학생. 덩치가 크고 튼실한 체격. 성격이 밝고 글렌에게 호의적이다.

세실 클레이튼

글렌이 담당하는 반의 남학생. 조용한 독서가. 집중력이 높아서 마술 저격에 재능이 있다.

할리 아스트레이

제국 마술 학원의 베테랑 강사. 마술 명문 아스트레이 가문 출신. 전통적인 마술사와는 거리가 먼 글렌에게 공격적이다.

Character

마술

Magic

—

룬어라고 불리는 마술 언어로 구성한 마술식으로 수많은 초자연 현상을 일으키는 이 세계의 마술사에게 지극히 『당연한』 기술. 영창하는 주문의 구절과 마디 수, 템포, 술자의 정신상태에 따라 자유자재로 형태를 바꾸는 것이 특징.

교전

Bible

—

천공의 성을 주제로 삼은 지극히 아동 취향인 옛날이야기로 세계에 널리 퍼져 있다. 그러나 그 소실된 원본(교전)에는 이 세계에 관한 중대한 진실이 적혀 있다고 전해지며, 그 수수께끼를 좇는 자에게는 어째선지 불행이 닥친다고 한다.

알자노 제국 마술학원

Arzano Imperial Magic Academy

—

약 4백 년 전, 당시의 여왕 알리시아 3세의 주도로 거액의 국비를 투입해서 설립한 국영 마술사 육성 전문학교. 오늘날 대륙에서 알자노 제국이 마도대국으로 명성을 떨치는 기반을 만든 학교이자, 늘 시대의 최첨단 마술을 배우는 최고봉의 교육 기관으로서 주변 국가에 널리 알려져 있다. 현재 제국의 고명한 마술사 대부분이 이 학원의 졸업생이다.

단장 11→0

그날, 그때, 그 장소에서…….
그자는 운명과 만났다.

아주 위대하고―.

아주 선량하고―.

아주 긍지 높고―.

참으로 눈부신―.

――――.

"……저기, 형은 어디서 왔어?"

소년은 눈앞에 있는 청년에게 소박한 질문을 던졌다.
아마 나이는 열 살이 채 되지 않았으리라. 유복한 가정의

아이인지 몸에 걸친 양복과 넥타이와 구두가 매우 고급스러웠다.

이곳은 한 세계의, 한 시골 마을의, 한 광장.

중앙에는 이 마을을 상징하는 『정의의 여신(레이디 저스티스)』상이 늠름하게 검을 든 모습으로 우뚝 서 있었고, 그 청년은 동상의 발밑에 있는 받침대에 등을 기대고 발을 아무렇게나 대충 뻗은 채 주저앉아 있었다.

매우 기묘한 풍모의 청년이었다.

전신을 가린 무척 낡고 해진 망토.

허리에 찬 기묘한 곡도.

눈까지 후드를 눌러써서 잘 보이지 않는 얼굴.

마치 중세의 여행자 같은 복장이었으나 추레함은 전혀 느껴지지 않았다.

마치 청빈한 성자나 현자처럼 일종의 위엄과 관록이 자연스럽게 배어 나오고 있었다.

그런 청년 앞에서 시선이 맞닿도록 무릎을 구부리고 앉은 소년이 흥미진진한 눈빛을 보내고 있었다.

반면, 청년은 처음 보는 소년이 설마 말을 걸어올 줄 몰랐는지 잠시 대답이 없었지만 곧 입가를 부드럽게 풀며 대답했다.

"내가 어디서 왔냐고? 그야 뭐…… 먼 곳에서지."

"먼 곳? ……바다 넘어?"

"……그보다 훨씬 먼, 정신이 아득해질 정도로 먼 곳이야."

아무래도 소년은 청년의 대답이 잘 이해가 되지 않는 모양이었다.

세간의 일반적인 상식과 감각으로 보면 이 특이한 모습의 청년은 몹시 수상한 존재다.

아무리 어리다곤 해도 이런 부류의 인간과는 최대한 거리를 둬야 한다는 것쯤은 알고 있을 터.

실제로 주위에 있는 다른 이들은 이 시골 마을에 갑자기 나타난 낯선 청년을 경계하는지 멀찍이서 상황을 지켜보기만 할 뿐, 굳이 말을 걸어오는 자는 없었다.

그렇지 않아도 요즘은 세계 곳곳에서 원인을 알 수 없는 전쟁과 분쟁이 빈발해 치안이 악화일로를 걷고 있는, 빈말로도 평화롭다고 할 수 없는 시대다.

비교적 치안이 좋은 이런 시골 마을에서도 경계심을 드러내는 건 지극히 당연한 일이었다.

그런데도 소년은 이 신비한 청년에게 말을 거는 걸 멈추지 않았다.

"왠지 이상한 복장이네. 형은 혹시…… 마법사?"

"오? 너, 감이 좋다?"

소년의 말을 들은 청년의 표정이 더 환해졌다.

"용케 알았네, 정답. 사실 난 마법사야."
"……흐응, 역시 그랬구나."

소년이 모호하게 대답했다.
그가 아는 한 이 세상에 마법이나 마술은 없었다.
한때는 그 존재를 믿었던 때도 있었던 모양이지만, 그건 지금보다 과학이 발전하지 못한 시대였기 때문이다. 인류의 상상력이 낳은 미신과 공상의 산물에 불과했다.
이제 와서는 창작물 속에서만 존재하는 개념.
하지만 소년은 이때 왠지 모르게 납득하고 말았다.
청년이 제정신인지 의심하는 것보다 아 이 사람은 진짜 마법사구나, 하고 쉽게 받아들일 수 있었다.

"그 마법사 형이 왜 이런 곳에 있는 거야?"
"이 세계에서 할 일이 좀 있어서."
"할 일?"
"응."

역시 무슨 말을 하는지 잘 모르겠다.
하지만 그 목소리가 한없이 차분하고 진지했기에, 분명 그가 무언가 대단히 소중한 것을 지키기 위해 아득히 먼 곳에서부터 끝이 보이지 않는 기나긴 여행을 해왔으리라는 것을 자연스럽게 받아들일 수 있었다.

"외롭진 않아? 돌아가고 싶지 않아?"

그러하기에 눈치챌 수밖에 없었다.

이 자리에 홀로 앉아 있는 이 청년이 사실 매우 고독하고 덧없는 존재라는 사실을.

그리고 처음 만난 이에게 대뜸 던지기에는 무례한 질문이었지만, 청년은 딱히 기분 상한 기색도 없이 가볍게 시선을 들어 하늘을 올려다보며 입을 열었다.

"그러게. ……솔직히 돌아가고 싶긴 해."

"……."

"난 너무나도 오랫동안 여행을 했고, 너무나도 먼 곳까지 와버리고 말았어."

"……."

"고향에는 내 모든 걸 걸고서라도 지키고 싶었던 이들이 있지만, 이젠 얼굴도 잘 기억나지 않고, 애초에 돌아갈 방법도 길도 몰라. ……아마도 이젠 두 번 다시 만날 수 없겠지."

그렇게 말한 청년은 자리에서 일어나 그대로 등을 돌리고 떠나려 했다.

그러자 소년은 이게 마지막 질문이라는 듯 그 등을 향해 말했다.

"……후회는, 안 해?"

"안 해."

청년은 소년을 돌아보지 않은 채 대답했다. 즉답이었다.

"내가 이러고 있는 덕분에 그들을, 그 녀석들의 세계를 지킬 수 있다면 후회하지 않아. 절대로 이 걸음을 멈추지 않아. 왜냐하면 난……."

—「정의의 마법사」니까.

서장 세라 실바스

매우 고요한 밤이었다.

빰을 쓰다듬는 시원한 밤바람에 섞이는 방울 소리 같은 벌레가 우는 소리.

희미하게 코끝을 스치는 풋풋한 풀 내음.

완만한 곡선을 그리며 끝없이 펼쳐진 달빛 아래에 흐릿하게 떠오른 초원이 바람에 흔들리며 잔물결을 그린다.

그런 웅대한 초원 한편에 마차를 세워두고 말들이 한가로이 풀을 뜯는 옆에선, 두 명의 그림자가 작은 모닥불을 둘러싸고 있었다.

타닥거리며 튀는 불똥. 밤의 쌀쌀함을 가시게 하는 기분 좋은 열기.

어둠을 어슴푸레하게 걷어낸 불꽃의 일렁임을 따라 주위의 그림자들도 흔들리고 있었다.

"왠지, 긴 악몽을 꾼 것 같아."

잔가지로 모닥불을 찌르던 글렌이 불쑥 그런 말을 꺼냈다.

고개를 들면 칠흑 같은 암막에 곱게 간 은가루를 뿌린 것 같은 별하늘.

맑은 공기 덕분에 그 환상적인 별빛이 직접 눈에 닿는 현실감 없는 풍경 속에서 글렌은 아직도 꿈에서 덜 깬 듯한 표정을 하고 있었다.

"흐응~ 어떤 꿈이었는데?"

그러자 모닥불 위에 올린 냄비에서 요리를 하고 있던 세라가 손을 멈추지 않고 물었다.

"글쎄다. ……벌써 기억이 잘 안 나서 대답하긴 좀 곤란한데."

글렌은 난감한 얼굴로 머리를 긁적였다.

"뭐랄까…… 악몽이었던 같기도 하고, 고통스러운 꿈이었던 같기도 하고, 괴로운 꿈이었던 것 같기도 하고, 슬픈…… 꿈이었던 것 같기도 해."

띄엄띄엄 대답하는 그의 목소리에 세라는 조용히 귀를 기울였다.

"언제나 항상 누군가를 위해 한계까지 싸우고, 그런데도 포기하지 않고, 매번 죽기 직전 상황까지 몰리는…… 그런 악몽이었지."

"……."

"아니, 그냥 단순한 악몽은 아니었던 것 같기도 해. 분명 괴롭고 힘든 일도 많았지만……."

그에 못지않은 좋은 일들이 있었던 것 같기도……?

"……."

글렌은 거기서 입을 다물었다.

낮에 꾼 꿈을 떠올리면 떠올릴수록 그 내용이 새하얀 안개 너머로 산산이 흩어지는 듯한 감각에 사로잡혔기 때문이다.

하긴, 꿈이라는 건 원래 그런 법이었다.

"후훗, 분명 오랫동안 쌓인 피로 때문일 거야. 글렌 군."

이윽고 세라가 냄비에서 끓인 수프를 접시에 담아 글렌에게 내밀었다.

뭉게뭉게 피어오르는 수증기와 함께 고소한 향기가 코를 간질였다.

접시를 타고 전해지는 열기가 약간 차가워진 손을 기분 좋게 데워주었다.

"그야 글렌 군은 제국 궁정 마도사단에서 계속 열심히 해 왔는걸."

"응."

"마도사로서 항상 모두를 지키기 위해 싸워왔어. 힘든 일도 참 많았으니 꿈자리가 좀 사나워도 어쩔 수 없지 않을까?"

"응……."

"그건 그렇다 쳐도…… 글렌 군은 정말 대단한 거 같아."

세라는 자기 몫의 수프를 접시에 담으며 따스하게 미소 지었다.

"왜냐하면…… **당신이 구하지 못한 사람은 단 한 명도 없었는걸.**"

"……."

글렌이 입을 다물었지만, 세라는 개의치 않고 마치 자기 일처럼 자랑스러워했다.

"아무리 절망적인 상황에서도, 누구나가 포기해버린 상황에서도 도망치지 않고, 단념하지 않고 과감히 도전해서…… 결국, 전부 구해냈으니까. 단 한 명도 빠짐없이."

"……."

"그리고 놀랍게도 마침내…… 만악의 근원인 하늘의 지혜 연구회까지 무너트려서 알자노 제국에 진정한 평화를 가져다준 영웅이기도 하고."

"……."

"후훗, 마치 동화에 나오는 「정의의 마법사」 같네."

"……**응.**"

그래.

그랬었다. 생각났다.

'난 어릴 때부터의 목표였던……「정의의 마법사」가 되겠다는 꿈을 성취했어. 마침내 모든 이를 구원하는 굉장한 마법사가 된 거야. 그러니 더 이상 **나아갈 필요는 없어. 여기서 멈춰서도 돼.**'

—「위화감」.

“그 공적을 치하하는 의미로 나랑 글렌 군한테 무기한 휴가를 주다니…… 이브랑 폐하께서도 여러모로 신경을 많이 써주셨어.”

“음~ 어라? ……그랬던가?”

“그랬다구~.”

세라는 뺨을 붉히며 기뻐했다.

“그리고 글렌 군이…… 정열적으로 고백해줬지.”

“……!”

“깜짝 놀라긴 했지만 진짜 기뻤어. 그야 내 마음은 한참 전부터 당신 거였으니까. 그런데도 넌 자넷하고도 굉장히 사이가 좋고, 아마 이브도 실은…… 그런 당신이 결국 날 선택해줬다는 게 정말 무엇보다도 엄청 기뻤어.”

그 두 여성은 특무분실의 동료들이다.

제국 궁정 마도사단 특무분실 소속 집행관 넘버 1《마술사》 이브.

같은 소속 집행관 넘버 20《심판》 자넷.

하지만 글렌은 여기서 왜 세라가 그 둘의 이름을 언급하는지 이해할 수가 없었다.

“기적 같아. 이 넓은 세상의 수많은 사람들 중에서도 출신이 전혀 다른 두 남녀가 만나 서로를 좋아하게 되고 맺어지다니…… 이보다 멋진 기적은 또 없을 거야.”

…….

그랬었다.

‘난 그날의 전투에서…… 결국 내 진심을 눈치채고…… 늘 내 곁에 있어준 소중한 사람의 존재를 깨닫고…… 전투가 끝난 뒤에는 어울리지도 않게 용기를 내서 이 녀석에게 내 마음을 전했어. 그래, 맞아.’

……아니, 정말로 그랬던가?

—「위화감」.

글렌은 수증기가 피어오르는 접시를 멍하니 바라보았다.

그날의 전투가 뭐였지?

분명 최악의 상황이었던 것만은 어렴풋이 기억한다.

어느 「미쳐버린 정의」가 폭주를 일으켰고, 그 결말은—.

“……!”

하지만 그 생각은 갑자기 옆에서 느껴진 기척에 의해 중단되었다.

시선을 돌리자 어느새 세라가 그곳에 있었다.

자신의 옆에서 그 화사한 몸을 밀착시킨 채 오도카니 앉아 있었다.

"……세라?"

"응……."

자연스럽게 입술을 빼앗겼다.

포개지는 그림자. 마치 녹아내릴 것처럼 뜨겁게 주고받는 체온.

한동안 그대로 미동조차 하지 않았던 그림자는 이윽고 일말의 아쉬움을 남긴 채 떨어졌다.

그리고 둘은 가까운 거리에서 서로의 눈을 마주 보았다.

"……둘이서 멋진 부부가 되자. 글렌 군."

눈가를 조금 적신 세라는 약지에 낀 반지를 바라보며 행복하게 웃었다.

글렌이 증표로 준 반지였다.

"그래……."

그렇게 고개를 끄덕인 순간, 무언가가 아무런 위화감도 없이 떨어져 나갔다.

'맞아. 우리 결혼하기로 했었지…….'

그래서 세라와 함께 그녀의 고향인 이 변경까지 먼 걸음을 한 것이다.

그녀가 늘 입에 달고 살았던, 언젠가 자신에게도 보여주고 싶다던 이 남원 알디아까지 여행을 떠난 것이다.

남자로서 진심으로 사랑하는 여성과 맺어지는 것보다 행복한 일은 없을 터.

왠지 감회 어린 기분이 든 글렌은 세라의 얼굴에서 잠시도 시선을 떼지 못했다.

"앗, 저기…… 우린 사귀는 사이고 결혼 약속까지 했지만…… 이, 이다음 단계는 좀 기다려줄래?"

하지만 세라는 대체 무슨 생각을 한 건지 귀까지 새빨개져서 고개를 숙여버렸다.

"전에도 말했지만…… 난 실바스의 《바람의 전무녀》라…… 정화의 의식을 마치고 바람의 신에게 허락을 받아야만 해서…… 사, 사실은! 지금 당장 글렌 군한테 전부 줘버리고 싶은데…… 나, 나도 참. 갑자기 뭔 소리래? 아하하……."

그리고 혼자서 허둥대기 시작했다.

글렌도 지금까지 그런 걸 조금도 의식해본 적 없다면 거짓말이겠지만, 이런 식으로 상대 쪽에서 갑자기 언급하자 왠지 부끄러워졌다.

"……."

뺨이 뜨거워지는 걸 자각한 글렌은 그 감정을 다스리기 위해 수저로 수프를 가득 퍼 담아 입으로 옮겼다.

맛있었다. 대량의 양 뼈로 우려낸 농축된 감칠맛에 다양한 향초와 향신료가 잡내 없이 조화를 이룬 하모니. 그리고 그런 수프의 맛이 안쪽까지 제대로 밴 살코기.

이 수프는 세라의 고향인 알디아의 토속 요리였다.

군 시절 세라가 자신을 위해 종종 만들어줬던.

이제 두 번 다시 먹을 수 없을 거라 여겼던 맛이었다.

"……아."

"왜 그래? 글렌 군."

갑자기 글렌이 작은 소리를 내며 굳어버리자 세리가 고개를 갸웃거렸다.

"딱 하나 생각났어."

"응? 뭐가?"

"꿈. ……낮에 꾼 꿈이 어땠는지."

어째선지 갑자기 눈시울이 뜨거워졌다.

이유를 알 수 없는 눈물이 눈가에 맺혔다.

"그 꿈속에서는…… 세라. 네가 없었어. 어디에도. 그게 난 너무 괴로워서……."

그러자 세라는 어깨에 머리를 기대고 체중을 실었다.

"난 여기 있는데?"

"응."

"난 어디에도 안 가. 언제까지고 항상 글렌 군 곁에 있을 거야."

"……응."

"늘 함께 지내면서 나이를 먹고 검은 머리가 파뿌리가 될 때까지…… 죽음이 두 사람을 갈라놓을 때까지…… 곁에 있을게."

"하, 하하…… 넌 원래 백발이잖아."

"나 참, 진짜 섬세함이 부족하다니까."

잠시 토라진 표정을 지은 세라는 곧 피식 웃었다.

그리고 고양이가 응석부리듯, 안심시키듯 글렌에게 몸을 문지르며 자신의 체온을 나눠주었다.

자신은 여기 있다고 증명하는 것처럼.

"글렌 군은 늘 내 곁에 있어 줄 거야?"

"그야…… 당연하지."

"얼버무리지 말고 제대로 말해줘."

"난 항상 네 곁에 있을 거야. 이젠 어디에도 안 가."

"바람도 안 피고?"

"바보, 피겠냐."

하지만 그 순간, 늘 가벼운 미소를 띠고 있던 세라의 표정이 처음으로 굳어졌다.

"만약 나보다 소중한 게 있더라도. 그래도 계속 나랑 함께 있어줄래?"

뭔가 숨겨진 뜻이 있는 것 같은 말투였지만, 거기까지는 자세히 알 수 없었다.

이제 와서 굳이 자신의 마음을 시험할 필요가 있을까 싶었지만, 그만큼 세라에게 사랑받고 있는 거라고 생각하니 솔직히 기뻤다.

애당초 진심으로 사랑하는 여성과 평생을 함께하겠다는 마음에 추호도 거짓은 없었으니까.

"……응."

글렌은 조용하면서도 힘차게 고개를 끄덕였다.

"……."

그러자 왠지 안심한 것 같으면서도, 한편으로는 슬프고 씁쓸한 미소를 지은 세라가 더 강하게 몸을 기대왔다.

"……세라?"

"오늘 밤은…… 조금만 더 이대로……."

"나야 뭐 괜찮지만……."

"고마워, 글렌 군. 고마워…… 진심으로……."

그렇게 두 연인은 몸을 포갠 채 서로의 체온을 교환했다.

서로의 심장 소리와 숨소리에 귀를 기울였다.

달이 기울고 해가 뜰 때까지.

계속.

쌀쌀하지만 기분 좋은 바람이 초원을 부드럽게 흔드는 밤이었다.

제1장 남원 알디아

꿈을 꿨다.

그래. 그건 꿈에 불과했다.

반드시 꿈이어야만 했다.

"세라!"

꿈속에서의 난 힘없이 늘어진 세라의 몸을 안아 일으키며 절규하고 있었다.

몸에 깊이 새겨진 치명상들, 전신에서 흘러나오는 새빨간 선혈.

이미 소름 끼칠 정도로 차가워진 그 몸을 필사적으로 껴안고 외쳤다.

"정신, 정신 차려! 세라!"

"콜록……! 콜록! 아파…… 글렌 군…… 나……."

—이제 틀렸나 봐.

떨리는 입술이 그 말을 소리 없이 흘렸다.

"제기랄……! ■■■…… 잘도……!"

온몸이 분노로 떨렸다.

어째선지 이름이 떠오르지 않았지만, 세라를 이 꼴로 만든 증오스러운 원수에 대한 분노와 그 이상으로 그녀를 지키지 못한 자신에 대한 분노로.

그저 하염없이 떨면서 눈물을 흘릴 수밖에 없었다.

이것으로 세라와 더는 영원히 만날 수 없게 되리라.

너무나도 갑작스럽고, 허무한 이별이었다.

이제부터였는데.

이제야 겨우 진심을 깨달았는데.

다른 모든 걸 포기해서라도 그녀만의 「정의의 마법사」가 되려고 했었는데.

이런 건 해도 너무하잖아…….

"제길…… 세라…… 미안…… 내, 내가……."

"으응, 아니…… 당신이 무사해서…… 다행이야……."

이미 숨소리가 미약했다. 말을 하는 것조차 한계인 것이리라.

목소리가 마치 속삭이는 것처럼 계속 작아졌다.

초원에 부는 바람 같았던 그녀의 청량한 목소리가, 이제는 너무 멀어서 거의 들리지도 않았다.

"아아…… 그래도…… 돌아가고 싶었는데…… 꿈이었어…… 끝없이 펼쳐진…… 알디아의 초원과…… 그, 상냥한 바람의 향기…… 그리워…… 돌아가고 싶어…… 가능하다면…… 당신과 함께……."

"세, 세라……."

나는 세라를 끌어안았다.

어떻게든 이 세상에 붙들어 놓으려고 강하게.

하지만.

그녀의 육신에서 하염없이 흘러내리는 생명을 멈출 수는 없었고, 그녀를 어딘가로 끌고 가려는 사신의 무자비한 손길도 막을 수 없었다.

난 이제 아무것도 할 수 없었다.

그리고 마지막으로.

"있잖아…… 글렌…… 군……."

세라는 떨리는 손으로 내 뺨을 만졌다.

그리고 상냥하게, 따스하게 미소 지으며 마지막 힘을 쥐어

짜내 내 귓가에 입술을 가져다댔다.

그리고 속삭이듯 말했다.

"……, ……을 ……마……."

―――――.

――――.

――.

덜컹덜컹…….

마차가 달린다.

덜컹덜컹…….

마차가 초원을 달리고 있다.

끝없이 넓고, 장엄하고, 자유로운 대초원은 오늘도 무척이나 날씨가 좋았고 항상 불어오는 바람은 마치 어머니의 손길처럼 다정했다.

"……."

그런 와중에 글렌은 마부석에 앉은 채 말없이 고삐를 쥐고 있었다.

하지만 등이 새우처럼 굽은 데다 눈빛은 흐리멍덩하고 눈가에는 짙은 그림자가 드리워진 것이, 누가 봐도 굉장히 피곤한 모양새였다.

"괜찮아? 글렌 군. 왠지 컨디션이 안 좋아 보이는데."

옆에 나란히 앉은 세라가 걱정스러운 눈으로 옆얼굴을 들여다보며 말했다.

"……아니, 그냥 더럽게 졸린 것뿐이야."

글렌이 하품을 하며 대답하자, 세라가 더 걱정스러워했다.

"그러고 보니…… 어젯밤에 심하게 가위에 눌리는 것 같던데. 혹시 또 악몽을 꾼 거야?"

"……응. 내 인생에서도 손꼽히는 최악의 꿈이었어."

패기가 전혀 느껴지지 않는 언짢은 목소리였다.

"그건…… 위로밖에 못 해주겠는걸. 에잇에잇."

세라가 글렌의 머리를 쓰다듬어주었다.

평소였다면 마치 손아래 동생처럼 대하는 그녀의 이런 태도가 마땅찮아서 반항했겠지만, 지금은 아니었다.

"그래서, 어떤 꿈이었어?"

"……까먹었어."

"응?"

글렌은 음울하게 깊이 한숨을 내쉬었다.

"왠지 모르겠는데 깨자마자 신기루처럼 깔끔하게 기억 저편으로 날아가 버리더라고. 다만…… 엄청나게 슬프고 괴로웠다는 느낌은 남아있더라."

"그랬구나. 하긴, 그럴 때도 있지."

세라는 계속해서 글렌의 머리를 쓰다듬었다.

"후훗, 그럼 오늘 밤엔 같이 잘까? 사람의 체온을 느끼면서 잠들면 안심해서 좋은 꿈을 꾼다는 말도 있으니…… 만약 또 악몽을 꿔도 내가 글렌 군의 꿈속으로 들어가서 구해줄게."

"바보. 내가 무슨 애냐."

농담하듯 던진 제안에 글렌은 떨떠름하게 대답했다.

"으음…… 전부 당신을 생각해서 한 말인데~."

"아니, 그런 의미가 아니라…… 후유~."

세라가 귀엽게 뺨을 부풀리며 항의하자, 다시 한숨이 나왔다.

글렌도 건전한 성인 남자다. 사랑하는 여자, 그것도 서로 좋아하는 상대와 그런 환경에 놓이면 충동적으로 손을 대지 않을 자신이 없었다.

"뭐, 오랫동안 여행하느라 피로가 좀 쌓인 거겠지. 아마도."

"그러게. 생각해보면 우린 참 멀리까지 왔어. ……이제 곧 도착할 테니까 힘내자. 응?"

"……그래."

그런 대화를 나눈 글렌은 머리를 흔들어서 졸린 정신을 다잡고 다시 고삐를 당겼다.

———.

마차는 천천히 초원을 달렸다.

천천히 흘러가는 하얀 구름. 어디서나 눈에 들어오는 녹색 지평선.

마치 시간의 흐름 자체가 느려진 것 같은 이런 광활한 초원에 있다 보면 자신이 정말 왜소한 존재라는 것을 싫어도 자각하게 된다.

그런 풍경을 글렌과 세라는 느긋하게 즐기며 마차를 몰고 있었다.

알디아는 24시간 내내 바람이 부는 듯한 땅이다.

그런 기분 좋은 바람을 온몸으로 느끼며 마차를 몰고 있자, 어느새 풍경이 조금씩 바뀌기 시작했다.

먼저 눈에 들어온 것은 양과 염소와 말로 이루어진 무리였다.

털이 덥수룩한 가축들이 초원 한복판에서 이리저리 몰려다니며 느긋하게 풀을 뜯는 목가적인 광경이 참으로 평화로웠다.

바람을 타고 오는 가축 냄새도 왠지 시원하게 느껴질 정도였다.

그리고 이어서 눈에 들어온 것은 가축들의 주인이 사는 거대한 천막이었다.

표면에 자수로 무늬를 넣은 저 천막은 세라의 말에 따르면 『셸』이라고 부른다는 모양이다.

유목민 특유의 이동에 적합한 조립식 주거지로, 바람 정령의 가호를 받는 덕분에 방수성, 통기성, 단열성이 우수해서 내부는 겉보기보다 훨씬 쾌적한 공간이라고 한다.

자세히 보니 그런 셸들이 이 광활한 초원 여기저기에 점재해 있었다.

셸 주위에는 사람들도 드문드문 보였다. 남원의 유목민들이다.

다들 세라가 입은 마도사 예복과 비슷한 분위기의 옷을 입고 있었다.

그야 당연했다. 세라의 옷은 원래 고향의 민족의상을 전투용으로 수선한 것이었기 때문이다. 살이 드러난 부분에 붉은 안료로 문양을 그린 것도 똑같았다.

그런 유목민들이 셸 주위에서 묵묵히 가축을 돌보거나 청소를 하거나 요리를 하거나 세탁 등을 하고 있었다.

"공주님? 세라 공주님 아니십니까!"

"오랜만이에요! 《바람의 전무녀》 님! 드디어 돌아오셨군요!"

"바람이 인도한 이 멋진 만남에 감사를!"

그리고 마차가 셸 옆을 지나갈 때마다 공손하게 인사말을 건네왔다.

뿐만 아니라 오늘 밤엔 저마다 자기네 셸에서 묵고 가라고 애원하는 통에 최대한 정중히 거절하느라 세라가 진땀을 흘려야 했다.

"듣기는 했는데……."

벌써 몇 번째일지 모를 권유를 거절하자, 글렌이 조금 질린 표정으로 말했다.

"너 진짜 공주님이었구나……."

"뭐야 그게. 설마 안 믿었던 거야? 나 좀 슬퍼."

"아니, 그 뭐랄까…… 남원의 백성들은 유목민족이잖아?"

글렌은 뺨을 긁적였다.

"계절마다 이리저리 떠돌아다니는 철새 같은 사람들한테 왕족이나 귀족이라는 개념이 있다는 게 상상이 잘 안돼서."

"아하하, 우리도 제대로 된 국가나 제도는 있거든? 모두가 하나같이 초원에서 마음대로 자유롭게 사는 건 아냐. 나름대로의 질서가 있어."

자리를 교대한 세라가 고삐를 당기며 말했다.

"남원 알디아에는 다양한 씨족이 살고 있고, 그 씨족마다 대략적인 구역이 정해져 있어."

"……두루뭉술하네."

"그건 어쩔 수 없지. 유목민인걸."

세라는 쿡쿡 웃었다.

"하지만 그러다 보니…… 아무래도 씨족 간에 알력이나 다툼이 생기기도 해. 이 초원을 외부의 침공에서 지키기 위해 힘을 합쳐서 싸워야 할 때도 있고. 그럴 때의 조정자나 통솔자로서 모든 씨족의 정점에 선 존재가 있어."

"그게 너희 일족…… 실바스인가."

"응."

세라는 자랑스럽게 고개를 끄덕였다.

"흐흥~ 우리 일족은 대단하다구? 이 남원 알디아에서는 가장 역사가 깊고 고귀한 일족인 데다 모두가 우수한 전사야. 선천적으로 바람의 신과 정령의 가호를 강하게 받아서 위험할 때는 모든 씨족에 앞장서서 싸우는 역할을 맡고 있어. 뭐, 매년 다른 씨족들로부터 공물을 받고 있으니 당연한 의무지만."

"그렇군……. 대충 이해했어."

유목민족이라는 특수성이 있긴 하지만, 요컨대 각국의 전통적인 귀족제도와 큰 차이가 없었다.

귀족의 영지에 사는 백성들은 그곳에서 일을 하고 영주인 귀족에게 세금을 바치고, 귀족은 세금을 받는 대신 무력을 유지하고 비상시에 앞장서서 외적으로부터 백성들을 지킬 의무가 있다.

그리고 그런 귀족제도를 답습하는 이상 씨족의 정점이자 조정자인 실바스 일족은 다른 유목민들처럼 자유롭게 초원을 떠돌아다닐 수는 없을 터.

아이러니하지만, 유목민족인데도 한곳에 정주할 필요가 있었다.

"즉, 너희 일족이 사는 거점이?"

"응. 남원 알디아의 수도…… 알리디아. 우리가 가는 목적지야."

세라가 먼 곳을 가리키자, 아득히 먼 지평선 근처에 보이는 산기슭에 기묘한 그림자가 보였다.

명백한 인공물— 도시의 모습이었다.

"후우~ 이제야 도착한 건가."

"후훗, 고생했어. 글렌 군. 이제 얼마 안 남았어."

"……그래도 도착하려면 반나절은 더 걸릴 것 같은데 말이지."

글렌이 한숨을 내쉬자 세라는 쓴웃음을 흘렸다.

"그럼 점심 먹기엔 좀 이르지만 배라도 채울까?"

"흐음…… 하긴 체력을 좀 붙여두긴 해야겠어."

"응, 알았어. 그럼 식사 준비할게. 글렌 군은 불을 피워줘."

"오케이~."

마차를 세운 둘은 적당한 곳에서 휴식 겸 식사를 하기로 했다.

"내가 부싯돌을 어디에 뒀더라……."

그리고 글렌이 여행 짐을 부스럭거리며 뒤진 순간.

“……응? 이게 뭐지?”

배낭 밑에서 기묘한 것을 발견했다.

봉투에 든 편지였다. 솔직히 전혀 기억에 없는 물건이었다.

다만 겉에 짧게 「글렌에게」라고 적혀 있어서 자신 앞으로 온 편지라는 건 알 수 있었다. 보낸 사람의 이름은 어디에도 없었다.

왜 이런 게 자신의 배낭 속에 있었던 것일까.

봉투를 열고 내용을 확인하자, 눈에 들어온 건 이런 문장이었다.

—당신은 분명 이 세계에서 나갈 수 없다.

—당신의 존재를 이 세계에 묶어둔 존재가 있기에.

—그러나 이 세계에는 단 하나의 분기점이 존재하며, 그것이 곧 유일한 귀환점.

—당신의 기원을 떠올려라. 선택을 그르치지 마라.

“……뭐야 이게.”

전혀 이해할 수가 없었다.

———.

마침내 남원 알디아의 수도인 알리디아에 도착했다.

가장 먼저 두 사람의 앞을 가로막은 건 성벽이었다.

알자노 제국에서나 볼 법한 높은 물건이 아니라, 적당한 사다리만 있으면 쉽게 넘을 수 있으리라.

그 대신 규모가 차원이 달랐다. 좌우로 시선을 돌려봐도 소실점인 지평선 너머까지 초원을 따라 끝없이 이어져 있었다.

"우린 유목민족이니까. 말이 못 넘어가면 그걸로 충분해."

이건 세라의 설명이었다.

성벽의 관문을 넘자 이번에는 논두렁길을 따라 광대한 농지가 눈앞에 펼쳐졌다.

농지가 있다는 사실에 글렌이 놀라자 세라가 웃음을 터트렸다.

"아하하, 뭐야. 그 표정. 우리라고 해서 모두가 방랑 생활을 하는 건 아니거든? 정주하는 걸 선택해서 사는 사람도 많아."

논두렁길을 따라 마차를 몰자 마침내 도시 같은 게 보이기 시작했다.

처음에는 드문드문 보였던 건물의 밀도가 점점 올라갔다.

그리고 어느새 마차는 대도시 한복판을 지나고 있었다.

바둑판식으로 배열된 건물은 대부분 평평한 지붕이 특징적인 흰 벽돌집이었고 벽면에는 붉은 안료로 신비한 전통 문양이 크게 그려져 있었다.

자신이 머나먼 외국까지 왔음을 강하게 체감하게 하는 광경이었다.

"그건 그렇고 사람 진짜 많네……."

알리디아는 남쪽으로 이어진 산맥 기슭에 세워진 도시다.

즉, 광대한 초원으로 이루어진 남원의 최남단이라는 뜻이다.

그런 도시의 중심가는 상상했던 것보다 훨씬 많은 인파로 북적이고 있었다.

바닥에 직접 융단을 깐 노점이 길을 따라 길게 늘어서 있고, 다양한 채소와 식재료, 생활필수품, 목조 세공품이나 장신구 등을 팔고 있었다.

심지어 장사를 하는 건 알디아인만이 아니었다.

머리에 터번을 감은 남대륙 사람과 파랗게 염색한 기모노를 입은 동방 및 중원 사람과 글렌과 같은 서방 출신 사람도 드문드문 보였다.

견직물, 융단, 도검류, 곡물, 향신료, 암염, 공예품 등 각 지방의 특산물을 가져와 열심히 장사에 힘쓰고 있었다.

"유목민들의 도시인데 이렇게 보면 우리랑 별다를 게 없구만."

"시대가 바뀌었으니까."

글렌이 신기한 눈으로 두리번거리자 세라가 대답했다.

"유목만으로 생활하는 건 일부 씨족을 제외하면 이미 과

거의 이야기야. 씨족 대부분은 정기적으로 이 도시에서 유목으로는 얻을 수 없는 물자를 수입하고 있어. 다행히도 알디아 특산품인 모직물이나 각 씨족의 비전약이나 술 같은 게 전 세계적으로 인기가 많은 고급품이라 거래를 목적으로 많은 행상인이 드나들고 있어. 그런 사람들이 모인 덕분에 이렇게 발전한 거야."

"그랬구만."

그러는 사이에 주위보다 더더욱 거대하고 화려한 벽돌 건물이 눈에 들어왔다. 장식과 문양에도 힘을 준 것이, 마치 성이나 궁전처럼 보였다.

"……혹시 저게?"

"응. 우리 집, 실바니아 궁전이야."

세라는 반가우면서도 기쁜 듯 눈을 가늘게 뜨고 궁전을 올려다보았다.

"돌아왔어. 나, 정말로 돌아온 거구나……."

"……."

그 혼잣말을 들은 글렌은 어째선지 말문이 막혔다.

———.

이윽고 마차는 실바니아 궁전에 도착했다.

"세라 공주님!"
"어서 오십시오! 공주님!"
"바람이 인도한 이 멋진 만남에 감사를!"

정문을 지나 내부로 들어서자 이국적인 정서의 정원이 보였고, 곧 궁전에서 일하는 사용인들이 전부 나와 글렌과 세라를 맞이했다.

그리고 지금 둘은 사용인의 안내를 따라 궁전 안의 통로를 걷고 있었다.

저 앞에 보이는 게 알현실일 터.

이 궁전의 주인이자, 실바스의 족장(차이)이자, 남원 알디아의 왕(칸)이기도 한 세라의 친부가 기다리고 있으리라.

"……왠지 슬슬 긴장되네."

세라와 나란히 걷고 있던 글렌이 탄식했다.

"응? 왜?"

"뭐랄까…… 결국 이건 딸이 결혼을 약속한 남자를 처음으로 아버지에게 소개하는 이벤트 같은 거잖아? 아니, 이벤트고 자시고 말 그대로네. 고금동서를 가리지 않고 이럴 땐 아버지 쪽에서 남자 쪽을 못마땅해하는 게 약속이랄까……."

"아하하, 걱정하지 마. 글렌 군. 우리 아버진 말이 통하는 분이셔."

세라는 글렌을 안심시키려는 듯 미소 지었다.

"이미 편지로 말을 전했는데 만나주겠다고 하셨으니, 직접 만나서 우리가 진지하다는 걸 전하면 분명 인정해주실 거야."

"그, 그래?"

"아. 그래도 혹시 반대하신다면 반란이라도 일으켜볼까? 아마 《바람의 전무녀》인 내 쪽에 붙을 사람도 꽤 많을 텐데."

"그것만은 제발 참아줄래?!"

"아하하, 농담이야 농담. 기껏해야 우리 둘이서 세상 끝까지 사랑의 도피를 하는 정도일걸?"

"그건…… 뭐, 솔직히 나도 좀 혹하기는 한데. 그렇게 되지 않기를 빌어볼게."

그러는 사이에 둘은 화려한 문 앞에 도착했다.

휘황찬란한 문양이 조각된 이 문 너머가 알현실이었다.

"저, 저기…… 세라 공주님? 이럴 때의 예법은……."

"그런 번거로운 건 없어. 아버지, 실례할게요~! 세라 실바스, 지금 막 도착했답니다!"

글렌이 쭈뼛댔지만, 세라는 아무렇게나 문을 활짝 열어젖혔다.

그리고 글렌의 손을 잡아당겨 알현실 안으로 발을 들여놓았다.

제국식 궁전과 달리 안쪽에 계단이 없어 전부 평탄했지만, 일단 융단은 길게 깔려 있었고 그 앞에는 옥좌도 있었다.

"어서 와라, 세라."

그리고 그곳에는 한 남성이 앉아 있었다.

역시 실바스 일족 특유의 백발이 특징적이었고, 나이는 대략 사십 대 중반쯤. 그 연령대에 어울리는 관록과 차분함을 겸비한 미장부였다.

키가 크고 늘씬한 체격이지만, 피부가 드러난 가슴팍이나 팔은 의외로 근육질인 걸 보면 상당히 단련된 몸일 터.

언뜻 부드러워 보이는 인상이지만, 눈에서는 지성이 빛났고 태평해 보이면서도 빈틈이 없는 자세에서는 그가 초일류 전사라는 사실을 미루어 짐작게 했다.

그리고 그 옆에는 아내인 듯한 여성이 서 있었다.

"후훗, 오랜만이네. 세라. ……잘 지냈니?"

평범하게 생각하면 나이는 기껏해야 삼십 대 후반일 터.

하지만 그런 세월의 흐름이 전혀 느껴지지 않는 젊은 외모의 미녀였다.

가만히 서 있기만 해도 물씬 풍겨 나오는 모성.

그리고 무엇보다 그 미소와 분위기가 전체적으로 세라와 매우 흡사했다.

아마 세라가 나이를 먹으면 이렇게 되리라는 걸 미리 보여주는 듯한 모습이었다.

"그리고…… 자네가 글렌 군이겠지?"

옥좌에 앉은 남성은 잠시 글렌을 물끄러미 응시했다.

"아, 실례했군. 소개가 늦었네, 글렌 군."

그리고 옥좌에서 일어나 가까이 다가오더니 글렌 앞에서 오른 손바닥과 왼 주먹을 맞댔다.

"내 이름은 시라스 실바스. 실바스의 차이이자, 알디아의 칸을 맡은 자일세. 그리고 이쪽은 내 안사람."

"사라예요."

시라스의 소개를 들은 여성도 오른 손바닥에 왼 주먹을 맞대고 고개를 끄덕였다.

"자네도 눈치챘겠지만, 우리가 거기 있는 세라의 부모일세. 자네에 관한 건 전부터 딸의 편지를 읽어서 알고 있었네만, 이렇게 만나는 건 처음이군. 잘 부탁하네."

"아, 저기, 그게…… 잘 부탁드리겠습니다……?"

글렌도 그들을 흉내 내서 오른 손바닥에 왼 주먹을 맞대고 가볍게 고개를 숙였다.

남원에는 악수하는 풍습이 없다. 세라의 말에 의하면 이게 인사라고 한다.

"으음…… 시라스 폐하?"

"폐하는 떼도 좋네. 입장상으로는 남원을 다스리는 칸이고 이 알리디아에 정주하고 있기는 하네만, 지금도 마음은 일개 유목민족. 자유로운 바람의 자식이니까."

"그, 그렇습까. ……그럼, 시라스 씨."

의미심장하게 웃는 시라스에게 글렌은 공손한 태도로 말을 이었다.

"저기, 다시 인사드리겠습니다. 나……가 아니라, 전 글렌 레이더스라고 합니다만…… 세라 양과는 제국 궁정 마도사단의 동료였고…… 이번에는 그 뭐랄까…… 제가 댁의 따님인 세라 양과 말입죠……."

"아, 그것도 알고 있네. 세라와의 결혼을 허락받으러 온 거지? 사위."

긴장해서 쩔쩔매는 글렌에게 시라스가 다시 의미심장한 미소를 지었다.

"모자란 딸이네만, 자네 같은 앞날이 유망하고 훌륭한 젊은이가 데려가겠다면 아버지로서 이보다 더 기쁜 일은 없겠지. 고맙네, 글렌 군."

"……예?"

너무나도 간단히 허락이 떨어지자, 글렌은 어안이 벙벙해서 입을 떡 벌릴 수밖에 없었다.

"축하해, 세라. 너도 좋은 사람을 찾았구나."

"고마워요, 어머니. 저도 바람이 인도한 이 만남에 감사하고 있어요."

사라와 세라도 이 결과를 예상했다는 듯 아무렇지 않게 대화를 나누고 있었다.

시라스는 눈만 깜빡거리고 있는 글렌에게 다시 말했다.

"미안하네만, 자네들의 결혼은 이쪽 방식대로 올렸으면 좋겠군. 이래 봬도 일단은 왕족이라…… 이런저런 율법이나 관습 같은 번거로운 것들이 있어서 말이지."

"예? 아니, 그건 전혀 상관없습니다만…… 그보다."

"아, 혹시 알디아의 후계 문제를 신경 쓰는 건가? 걱정할 것 없네. 지금 이 자리에는 없네만, 실바스 일족에는 같은 씨명을 가진 친족이 아주 많거든. 아무나 적당한 젊은이가 다음 칸이 될 걸세. ……제비뽑기로."

"제비뽑기?! 제비뽑기로 왕을 정한다고요?!"

"이런 궁전에 틀어박혀 있는 것보다 자유롭게 초원을 뛰어다니고 싶은 우리 입장에선 칸이라는 건 벌칙 게임이나 다를 바 없으니 말이지. 혹시 원한다면 자네와 세라의 아이가 다음 칸이 돼도 상관없네만? 물론 아이가 원한다면 말이네만."

"태클 걸고 싶은 게 한두 개가 아닌데요?! 아니, 그게 아니라!"

글렌은 이성을 잃고 시라스에게 따지듯 캐물었다.

"진짜 이래도 되는 건가요?! 외부인인 제가 일족의 소중한 공주님을 아내로 맞이하겠다는데 반응이 너무 태연하신 거 아닙니까?!"

"아하하, 그럼 세간의 장인이나 사위들이 으레 그러는 것처럼 우리 둘이서 주먹다짐이라도 해보겠나? 「장인어른! 따님을 제게 주십쇼!」, 「인정 못 해! 너 같은 놈에게 내 딸은 죽어도 못 줘!」라고 외치면서.”

시라스는 장난스럽게 1인 2역을 하며 웃었다.

“곤란한걸. 난 맨주먹 싸움에는 별로 자신이 없는데…… 나이도 나이고.”

“아뇨, 그건 저도 사양하고 싶습니다만…….”

글렌이 왠지 불편한 얼굴로 얼굴을 긁적이자 시라스가 말했다.

“자네에 대한 건 세라에게 들어서 잘 알고 있네. 우리의 맹우인 알자노 제국이 자랑하는 영웅. 그렇다면 자격은 충분하지 않겠나?”

“우후후, 그보다 글렌 군. 우리한테 보낸 편지에 얘가 뭐라고 썼는지 아니? 얘도 참, 어지간히 반했는지…….”

“우와아아아아아아아! 어머니?! 와아아아아아아아아아아앗!”

웃음을 흘리며 뭔가를 폭로하려 한 사라의 입을 귀까지 새빨개진 세라가 황급히 틀어막았다.

“아, 그 뭐랄까…….”

한없이 무사태평한 세 사람의 반응 앞에서 글렌은 왠지 석연치 않은 기분이 들었다.

“아직도 납득이 되지 않나?”

시라스는 아무래도 그런 속내를 꿰뚫어본 모양이었다.

“뭐, 자네의 심정은 이해하네. 외지인인 자네를 왜 이렇게 선선히 받아들이는지…… 하긴, 사람이라면 누구나 의문을 갖겠지. 반대 입장이었다면 나도 마찬가지였을지도 모르겠군."

"그럼 왜 절……."

"부모로선 자식의 행복이 우선이니까. 이 대답으로는 부족한가? 분명 자네 부모님도 같은 심정일 것 같네만."

"부모……."

그 말을 들은 순간, 왠지 가슴이 욱신거렸다.

그러자 시라스는 말을 신중히 고르듯 조금 간격을 두고 입을 열었다.

"그리고 외국인인 자네에게는 굉장히 이상하게 들릴지도 모르겠지만…… 바람과 함께 살아가는 우리 눈에는 사실 자네에게 보이지 않는 것이 보인다네."

"제 눈에는 보이지 않는 것……?"

"그래. 자네에게서는, 자네 옆에서는 무척 좋은 바람이 불고 있군."

글렌의 눈을 똑바로 바라보는 시라스의 표정은 진지함 그 자체였다. 그 말에 거짓이나 농담이 섞였을 가능성은 추호도 없으리라.

"……바람?"

"그래. 잔잔하고 기분 좋은 바람. 동시에 왠지 모를 강인함이 느껴지는 바람. 때로는 길을 잃고 어디로 흘러가야 좋을지 헤맬 때도 있으나, 결국 올바른 방향을 찾아서 망설임 없이 곧게 나아가는…… 그런 바람이."

"……."

"자네의 그런 바람이 내 딸 세라의 바람과 합쳐지면 자네들을 분명 좋은 미래로 이끌어주겠지. 오랫동안 풍술사로서 이 알디아의 초원을 질주해온 남자의 안목을…… 한번 믿어보지 않겠나?"

장인이 될 분이 이렇게까지 말한다면 어쩔 수 없었다.

애초에 중요한 건 현재의 상황이나 직위도, 과거의 출신이나 이미 지나간 일도 아니었다. **앞으로 만들어갈 미래**였다.

글렌이 아직 세라와 결혼하는 것에, 외부인이라는 것에 열등감을 느끼고 있다면 앞으로 개선해 나가면 될 뿐이다.

그렇게 마음속으로 결의를 새로이 다진 순간.

"딸도 자네의 그런 점이 마음에 든 것 같군."

이번에도 시라스는 그런 글렌의 속내를 꿰뚫어본 듯 미소지었다.

"환영하네, 글렌 군. 어서 오게, 알디아에. 바라건대 부디 이 땅이 자네의 두 번째 고향이 될 수 있기를……."

마침 그때.

"잠깐만요! 시라스 숙부님!"

소녀의 앙칼진 목소리가 느닷없이 알현실에 울려 퍼졌다.

글렌이 놀라서 뒤를 돌아보자, 숨을 헐떡이는 듯한 소녀

가 험악한 표정으로 활짝 열린 문 앞에 서 있었다.

나이는 대략 십 대 중반 정도. 그리고 실바스 일족 특유의 백발. 마치 눈처럼 새하얀 살결 곳곳에는 세라의 것과 흡사한 문양이 붉은 안료로 그려져 있었다.

아무래도 전사인 듯 손에는 활을 쥐고 허리춤에는 곡도를 찬 데다 등에는 화살통을 메고 있었다.

그리고 역시 세라의 것과 흡사한 전투 의상을 입고 머리 장식을 차고 있었다.

지금은 왠지 짜증스럽게 노기를 띠고 있지만, 조각상처럼 몹시 단정한 동시에 자존심이 강하고 드세 보이는 그 용모는 마치 요정처럼 늠름했다.

하지만 그 소녀를 본 순간, 어째서일까.

무심코 입에서 한 단어가 흘러나오고 말았다.

"……**하얀 고양이**?"

그렇게 불린 소녀는 놀라서 눈을 깜빡거렸지만, 곧 불처럼 화를 내기 시작했다.

"누가 고양이라는 거예요! 누가! 진짜 무례한 사람이네요!"

고양이처럼 샤앗! 하고 위협한 소녀는 곧 시라스 쪽을 날카롭게 노려보았다.

"시라스 숙부님! 역시 전 반대예요! 이런 어디서 굴러먹다 왔는지 모를 말 뼈다귀 같은 인간한테 세라 언니를 시집보내겠다니요!"

"……시스, 진정하거라."

시라스가 쓴웃음을 짓고 달래보려 했지만, 시스라 불린 소녀는 흥분이 가라앉기는커녕 마치 부모의 원수라도 되는 것처럼 글렌을 사납게 노려보며 당장에라도 손에 든 활을 쏠 것 같은 분위기를 풍겼다.

"하하하, 실례했네. 글렌 군. 이 아가씨는 시스 실바스. 세라의 사촌 동생이고…… 다음 대 《바람의 전무녀》일세."

"아, 그랬군요. 으음, 처음 뵙겠습니다? 시스 공주님."

"함부로 제 이름을 부르지 마시죠! 이 외지인!"

글렌이 나름 친근하게 인사했지만, 시스의 표정은 더더욱 사나워졌다.

"자, 잠깐만. 시스. 갑자기 왜 그래? 글렌 군은 내 남편이 될 사람이자 일족의 중요한 손님이거든?"

보다 못한 세라가 말리려고 끼어들자 시스는 충격을 받았는지 눈을 부릅뜨더니 곧 부들부들 떨면서 고개를 떨구었다.

"어째서, 세라 언니는, 하필 이딴 외지인이랑…… 진심이세요? 언니는 역대 최고의 《바람의 전무녀》잖아요. 만약 결혼한다면 그 자리에서 내려올 수밖에 없는데……!"

"시스……."

"아무튼! 전 세라 언니의 후계자로서! 다음 대 《바람의 전무녀》로서! 이딴 인간은 인정 못 해요! 고작 이런 외지인 때문에 세라 언니가 《바람의 전무녀》의 자리에서 내려와선 안 된다구요!"

시스는 당황하는 세라를 밀치며 다시 글렌을 노려보았다.

"설령 알디아의 모든 씨족이 당신을 인정한다 해도…… 전 인정 못 해요! 무슨 일이 있어도 세라 언니와 꼭 결혼하고 싶다면!"

그리고 화살통에서 화살 하나를 꺼내 글렌의 코앞에 바짝 들이밀었다.

"당신이 이걸 받을 용기가 있을까요?"

"……이게 뭔데?"

글렌은 어리둥절한 표정으로 화살과 시스의 얼굴을 번갈아 쳐다보았다.

"아, 응. 그건 우리 문화권의 결투 신청일세. 그 화살을 받으면 결투에 동의한다는 뜻이지."

"아~ 결투요? 결투라, 결투인가……."

그리고 왠지 아련한 눈빛으로 화살을 쳐다보자, 시스가 마치 자신의 승리를 확신하듯 선언했다.

"우리 남원의 백성은 긍지 높은 전사 일족! 나약한 인간 따윈 언어도단! 혹시 만에 하나라도 절 이긴다면 당신도, 세라 언니와의 결혼도 인정해드리죠! 하지만 저한테 진다면 그딴 나약한 인간은 세라 언니랑 어울리지 않으니 바로 이 알디아에서 떠나주셔야겠어요! 흥! 어때요. 뭐, 외지인인 당신이 이걸 받을 배짱이 있을 리…… 응? 당신, 왜 웃고 있는 거죠?"

"아니, 이걸 뭐라고 해야 하나."

하지만 어째선지 글렌은 이제야 겨우 마음이 놓인 듯한 얼굴이었다.

"역시 결혼 허락을 받는 이벤트에는 이런 반응이 어울린다 싶어서. 까놓고 말해 오히려 안심했어."

"예에?! 다, 당신, 지금 절 바보 취급하는 건가요?!"

"그럴 리가."

글렌은 머리를 긁적이며 시라스 쪽을 힐끔 쳐다보았다.

하지만 그는 마음대로 하라는 듯 웃고만 있었다.

그 반응을 확인한 글렌은 손을 뻗어 화살을 받았다.

"좋아. 그 결투, 받아들일게."

그리고 자신만만하게 웃으며 화살을 손가락으로 빙글빙글 돌렸다.

"뭐?! 글렌 군!"

세라는 그 갑작스러운 선언에 놀라움을 감추지 못했다.

"……어?!"

그리고 시스도 설마 이런 외지인이 정말로 자신의 결투 신청을 받아들일 줄 몰랐는지 눈을 크게 뜨고 굳어버렸다.

"뭐야 그 표정은. 결투 신청을 한 건 네 쪽이잖아?"

"흐, 흥! 아무래도 나약한 제국인인 줄만 알았는데 나름 배짱이 있네요! 뭐, 배짱만으로 문제가 해결될 줄 안다면 큰 오산이지만요!"

가는 말이 고와야 오는 말이 고운 법이라 시스는 점점 격해졌다.

"다시 말하지만, 우리 남원의 백성은 긍지 높은 전사 일족! 이쪽의 결투는 제국처럼 「첫 출혈(퍼스트 블러드)」로 끝나는 어수룩한 방식이 아니에요! 「무규칙(발리투도)」 방식이죠! 한쪽이 항복하고 무릎을 꿇거나, 전투 불능 상태가 될 때까지! 가끔 사망자도 나올 정도로 과격한 결투라구요!"

"으엑, 살벌하구만."

"세라 언니를 건드린 걸 반드시 후회하게 만들어주겠어요! 당신처럼 나약해 보이는 외지인은 제가 이 남원에서 쫓아낼 거라구요!"

시스는 끝까지 적의가 넘치는 시선을 거두지 않았다.

이렇게 해서 갑작스러운 결투가 막을 올리게 되었다.

제2장 남원 사람들

"있잖아, 글렌 군."

"왜?"

글렌이 결투를 위해 장소를 이동하고 있자, 옆에서 걷고 있던 세라가 어이없는 표정으로 말을 걸었다.

"왜 시스의 결투 신청을 받아들인 거야?"

"아……."

"우리 결혼은 당사자인 내가 승낙했고, 우리 부모님…… 따지고 보면 이 남원에서 가장 높으신 분인 국왕님과 왕비님도 허락한 거잖아? 그냥 평소처럼 대충 흘려 넘겨도 좋았을 텐데……."

그 말대로였다.

시스의 결투 신청을 받아들일 이유도, 받아들여서 얻을 이득도 전혀 없었다. 그건 글렌 자신도 당연히 알고 있었다.

"그냥…… 어쩌다 보니?"

하지만 본인도 이상하다는 듯 머리를 긁적이며 대답했다.

"시스라고 했던가? 그 녀석이 왠지 필사적이라서? 그 녀석을 보고 있으면 뭐랄까…… 결투를 받아들이는 게 자연스러울 것 같아서? 아니, 잠깐만. 진짜 내가 왜 그랬던 거지?"

"하아…… 정말이지."

세라는 어쩔 수 없다는 듯 쓴웃음을 짓더니 앞에서 걷는 시스에게 들리지 않도록 귓속말을 건넸다.

"그럼 부탁이 하나 있는데……."

————.

결투 장소는 실바니아 궁전 내부에 있는 투기 연무장이었다.

사방에 관객석이 있는 정사각형의 시설이다. 원래 남원의 유목민은 전사 일족이기도 하니 이런 전통 시설이 있어도 딱히 이상할 건 없었다.

그리고 그 관객석에는 수많은 사람이 모여 있었다.

"아니, 사람이 뭐 이리 많이 모였어?"

중앙에 설치된 정사각형 무대 위에 선 글렌이 주위를 둘러보며 투덜대자, 심판으로서 같은 무대 위에 선 시라스가 의미심장하게 웃었다.

"분명 당대 《바람의 전무녀》를 아내로 맞이하려는 인간이 대체 어떤 남자인지 궁금해서가 아닐까?"

아마 원흉은 눈앞의 이 인간이 아닐까.

글렌은 왠지 즐거워 보이는 시라스의 표정을 보고 그렇게 확신했다.

"그리고 말일세, 글렌 군. 실은 오늘 밤에 자네를 우리 친족과 남원 각 씨족의 족장들에게 소개할까 해서 이 도시로 불러들였다네. 그들도 지금 저기서 보고 있지."

자세히 보니 북쪽 관객석 맨 앞자리에서 주위와 명백히 분위기와 옷차림이 다른 남녀노소가 마치 값을 매기려는 듯한 눈으로 이쪽을 바라보고 있었다.

"시라스 씨…… 당신, 지금 이 상황을 즐기고 계신 거죠?"

"아니, 설마 그럴 리가. 본의는 아니지만 남원의 관습을 따른 것뿐일세. 오오, 내 딸을 아내로 맞이하려는 젊은이여. 부디 이 시련을 극복하길 바라네."

진짜 만만치 않은 사람이다.

이 사람의 사위가 되면 지루할 날이 없겠다는 생각이 든 순간.

"흥! 이제야 겁이 난 건가요?"

벌써 전투 준비를 마친 시스가 앞으로 나섰다. 의기양양하게 웃는 그녀의 온몸에서 여유가 흘러넘쳤다. 자기 실력에 어지간히 자신이 있는 모양이었다.

"두 번 다시 세라 언니와 결혼하겠다는 말을 못 꺼내도록 아주 혼쭐을 내드리겠어요."

"아~ 예. 그러세요."

“도망치려면 지금뿐이에요. 이렇게 많은 사람 앞에서 창피한 꼴을 당하고 싶지 않다면 말이죠!”

“아~ 예. 뭐…….”

“뭐, 뭐예요. 그 마음이 전혀 담기지 않은 반응은 대체 뭐죠?!”

“아니, 그 뭐랄까…….”

글렌은 머릿속에 맴도는 희미한 기억을 더듬으며 말했다.

“전에도 비슷한 일이 있었던 것 같아서…….”

“예?”

“그때는…… 분명 일부러 져줬었지.”

“예에……?”

시스가 별 이상한 사람을 다 보겠다는 표정을 했지만, 당사자는 개의치 않았다.

“……의욕도 없었고, 별것도 아닌 일로 내가 애처럼 군 탓에 고지식하고 진지한 **그 녀석**을 화나게 만든 것에 대한 죄책감도 있어서겠지만 말이야.”

“당신, 대체 무슨 소릴……?”

글렌은 당혹스러워하는 시스를 똑바로 바라보고 미소 지었다.

“너, 세라를 엄청 좋아하나 봐?”

“예……?”

“둘도 없이 소중한 존재라 진심으로 행복해지길 원해서……

그래서 나한테 시비를 건 거지? 안 그래?"

"그, 그러니까 무슨……."

"나도 세라를 좋아해."

"……?!"

뜬금없는 선언에 시스가 굳어버렸다.

"그러니…… 미안. 조금 진심으로 갈게. ……그때와는 다르게."

그리고 천천히 자세를 잡기 시작했다.

———.

갑작스럽게 시작된 글렌과 시스의 결투.

이 자리에 모인 친족과 각 씨족의 족장들과 시민들의 사전 평가로는 시스의 승률이 압도적으로 우세했다.

아무튼 그녀는 《바람의 전무녀》의 계승자다.

숨겨진 재능은 세라 이상이라는 평판이었고, 세라가 자리를 비운 동안 남원에서 열린 무투대회에서 항상 우승을 차지한 강자이기도 했다.

바람 마술, 체술, 검술, 궁술, 마술.

그런 온갖 분야에서 재각을 드러낸 그녀야말로 명실공히 다음 대 《바람의 전무녀》라는 건 남원의 그 누구도 의심하지 않는 사실이었다.

그래서 이 자리에 모인 모두는 그런 그녀가 갑자기 어디서 튀어나온 남자에게 질 리 없다고 생각했지만…….

———.

"영차."

"꺄악?!"

글렌에게 팔을 잡힌 시스가 그대로 공중을 돌며 바닥에 내팽개쳐졌다.

"어이~ 괜찮아?"

"아…… 아……."

대자로 누워버린 시스는 글렌이 위에서 내려다보자 수치심에 얼굴을 붉히며 부들부들 떨었다.

이렇게 바닥을 구른 게 벌써 몇 번째일까.

심지어 상대는 진심으로 싸우는 게 아니었다. 조금이라도 식견이 있는 이라면 그녀가 다치지 않도록 봐주면서 싸우고 있다는 걸 알 수 있으리라.

"슬슬 항복하지 않을래? 난 딱히 사과도 필요 없는데."

"시, 시끄러워! 난 아직 안 졌어!"

시스는 손가락으로 글렌의 눈을 찌르려고 했다.

한 치도 봐주는 것 없이 진심으로 눈을 터트리겠다는 각오가 담긴 날카로운 일격이었다.

"어라, 또 하겠다고?"

하지만 글렌은 가볍게 머리만 움직여서 피해버렸다.

"하아아아아아아아아아아아아아아아아앗!"

이어서 바닥에 손을 짚은 시스는 전신의 반동을 이용해서 일어나는 동시에 질풍 같은 하단 돌려차기를 날렸다.

"……거참."

글렌은 여유 있게 뒤로 점프해서 피했다.

"도, 도망치지 마!"

그러자 이번에는 곡도를 뽑아서 폭풍 같은 참격을 날렸다.

내려 베기, 가로 베기, 상중하단 회전 베기.

온 힘을 다한 벼락처럼 날카로운 검무였다.

"나 원, 위험하잖아."

하지만 글렌은 딱히 어려움 없이 슬쩍슬쩍 움직이는 것만으로 모조리 피해버렸다.

"왜?! 어째서?!"

자신의 특기인 검술로도 스치지조차 못하다니.

시스는 맹렬한 공세를 퍼붓는 한편으로 초조함을 드러내며 외쳤다.

"당신의 움직임에는 센스와 재능이 조금도 느껴지지 않아!

당신은 무술에 관해선 범재에 불과해! 그런데 대체 왜?!"
"경험의 차이 아닐까……."

덥석!

시스가 위에서 곡도를 내려치는 순간, 품속으로 파고든 글렌은 곡도를 쥔 손과 칼자루를 양손으로 붙잡아서 멈췄다.
그리고 그대로 팔을 비틀며 다리를 걸자, 시스의 시야가 옆으로 회전했다.

"앗?!"

다음 순간, 시스는 다시 바닥에 대자로 누워있었다.
덤으로 소중한 무기까지 빼앗긴 상태였다.
"재능이 바닥이라도 목숨을 걸고 수라장을 헤쳐 온 내가 아무리 천재라도 실전 경험이 거의 없는 널 상대로 그리 쉽게 져줄 수는 없거든."
곡도를 장외를 던져버린 글렌이 어깨를 으쓱이며 대답했다.
"크으으으으윽~!"
다시 몸을 일으킨 시스는 허를 찌르듯 품속에서 오카리나를 꺼냈다.
그리고 글렌을 노려본 채 입을 대고 불기 시작했지만, 아름다운 선율만 흐를 뿐 아무 일도 일어나지 않았다.

"그~러~니~까~ 소용없다고 몇 번을 말했잖아."

글렌은 한숨을 내쉬며 주머니에서 한 장의 아르카나를 꺼냈다.

"【광대의 세계】. 나를 중심으로 일정 영역의 마술 발동을 완전히 봉쇄하는 고유마술(오리지널). ……네가 아무리 탁월한 정령사라고 해도 이 효과를 피할 수는 없어."

"치, 치사해! 이런 건 치사하다구!"

마침내 시스가 눈물을 글썽이며 악을 쓰기 시작했다.

"대체 뭐가 치사하다는 건지. ……애초에 「발리투도」 방식을 제안한 건 너 아니었어?"

글렌으로선 기가 막힐 노릇이었다.

결국 이래 보여도 아직 미성숙한 어린애였다는 뜻이리라.

'……이러면 결투를 받아들인 내가 어른스럽지 못했던 것 같잖아.'

글렌이 조심스럽게 주위의 반응을 확인한 순간.

"우오오오! 봤나? 제군!"

"저 제국인, 나약한 도시 놈인 줄 알았는데 의외로 좀 치잖아!"

"다음 대 《바람의 전무녀》인 시스 님을 마치 어린애처럼 다루다니!"

"역시 세라 공주님이 선택한 분이셔!"

"오호라, 확실히 우리 공주님의 남편이 될 만한 사내로다."

하지만 그런 두 사람의 너무나도 일방적인 싸움을 지켜보던 관객들은 원래 근본이 전사 일족이라서 그런지 화려함은 없어도 탁월한 전투능력을 보여준 글렌에게 좋은 인상을 갖게 된 모양이었다.

"이봐, 시스 공주님. ……슬슬 끝내면 안 될까?"

"뭐, 뭐야! 설마 벌써 당신이 이긴 줄 아는 거야?!"

"……아니, 어딜 어떻게 봐도 결판이 난 거잖아."

"시, 시끄러워! 시끄러워! 시끄러워! 시끄럽다구!"

시스는 고개를 붕붕 돌리며 완강하게 패배를 인정하지 않았다.

완전히 떼를 쓰는 어린애다.

글렌이 이걸 어째야 하나 싶어 한숨을 내쉰 순간.

"저, 정령만, 정령만 부를 수 있다면 당신 따위……!"

시스가 분한 얼굴로 그렇게 말했다.

"알았어! 알았다고! 그냥 내키는 대로 불러봐!"

결국 글렌은 아르카나를 다시 주머니에 꽂고 말았다.

"마침 【광대의 세계】의 효과도 끝났군. 대신 다음 공격이 마지막이다?"

"그 여유 부리는 태도, 진짜 짜증 나! 후회하지나 말라구!"

뒤로 도약해서 거리를 벌린 시스는 글렌을 노려보며 오카리나를 불었다.

다시 아름다운 선율이 흐르기 시작하자, 주위에 바람이 빙글빙글 돌며 바람 정령들이 모여들었다.

이윽고 맹렬한 폭풍으로 변한 바람은 시스의 의지대로 글렌을 향해 전방위에서 가차 없이 짓쳐들어왔다.

"영차."

"……?!"

하지만 신체능력 강화 술식에 마력을 넣어 일시적으로 각력을 강화한 글렌은 땅 위를 달리는 그림자처럼 단숨에 시스의 품으로 파고들었다.

그녀는 지금까지 한 번도 보여준 적 없었던 속도에 완전히 허를 찔린 듯했다.

그리고 글렌은 그대로 왼손을 시스의 가슴에 대고 그 위에 오른손을 십자로 교차해서 단숨에 힘을 「통과」시켰다.

텅!

제국식 군대 격투술의 비기 중 하나인 《통타(通打)》였다.

체중이 순간적으로 왼손 한 점에 모조리 실린 강력한 타격이 시스에게 적중한 것이다.

그러나 몸이 뒤로 밀려나기는커녕 충격만 가슴을 뚫고 지나갔다.

"……컥?!"

폐 속의 공기가 강제로 전부 배출된 시스는 단숨에 호흡곤란 상태에 빠졌다.

당연히 오카리나 연주도 중지되었고, 그 음색에 이끌려 소환된 바람 정령들도 흔적도 없이 주위로 사라졌다.

"……이런."

그리고 그대로 의식을 잃고 손에서 오카리나를 떨어트리며 무릎을 꿇는 시스의 몸을 글렌이 한 팔로 받쳤다.

"미안. 세라에 비하면 마술 발동이 너무 느려. ……아, 들릴 리가 없나."

자신의 품속에서 힘없이 늘어진 채 정신을 잃은 모습에 글렌은 어깨를 으쓱였다.

"""와아아아아아아아아아아아아아아아아아아아아아아아아!"""

글렌의 완전한 승리를 목격한 관객석에서 환호성이 터졌다.

전사로서의 역량을 당당하게 보여준 덕분일까.

처음에는 마치 이물질을 보는 듯했던 관객들의 눈에는 어느새 숨길 수 없는 존경과 감탄과 찬사의 감정이 흘러넘치고 있었다.

"하하하, 훌륭하군. 굳이 승리 선언을 할 필요도 없겠어."

시라스도 손뼉을 치며 글렌에게 다가왔다.

"이제야 저들도 자네가 세라의 남편감이라고 인정한 것 같군. 다행일세."

"시라스 씨…… 성격 참 나쁘시네요."

하지만 글렌은 머리를 긁적이며 투덜댈 수밖에 없었다.

"자네가 우수한 전사라는 건 바람을 본 순간 눈치챘으니 말일세."

시라스는 장난꾸러기처럼 웃었다.

"그렇다면 이 방법이 더 빠르겠다 싶더군."

"괜찮으려나요? 댁네 다음 《바람의 전무녀》 님을 공개석상에서 완전히 박살을 내놨는데."

"패배라는 건 젊을 때 경험해야 하는 법일세. 나이를 먹을수록 단 한 번의 패배와 실패가 돌이킬 수 없는 결과가 될 가능성이 높으니 말이지. 하물며 저 아이처럼 뛰어난 재능을 가진 탓에 오만해져 있던 이라면 더더욱."

"그게 남원식 교육법인가요? 진짜 빈틈이 없네……."

"정말이지! 글렌 군!"

글렌이 어이없어한 순간, 왠지 화가 난 듯한 표정의 세라가 이쪽으로 달려왔다.

"내가 결투 전에 몰래 말했잖아! **제대로 봐주면서** 하라고!"

"어? 나, 엄청 봐준 건데?"

"부족해! 정말이지!"

세라는 글렌의 품에서 축 늘어진 시스를 잡아당기더니 그대로 지면에 눕히고 응급처치를 실시했다.

"시스! 시스! 괜찮니?"

"으, 으응……?"

잠시 후 시스의 의식이 돌아왔다.

흐릿하게 눈을 뜨고 초점이 맞지 않는 눈으로 세라를 멍하니 올려다보고 있었다.

"어이~ 정신이 들어? ……미안. 아무래도 좀 과했나 보네."

하지만 글렌이 세라 뒤에서 고개를 내민 순간.

"……!"

시스는 퍼뜩 놀라며 몸을 벌떡 일으키더니 자신과 주위의 상황을 확인하고 방금 무슨 일이 있었는지 깨달았다.

"거짓말……! 내, 내가…… 졌어? 말도 안 돼!"

그리고 그대로 얼굴을 붉히며 고개를 숙이더니 원통함에 몸을 떨며 오열하기 시작했다.

"으으…… 흑…… 흐흑……."

"어? 그렇게 아팠어? 진짜 미안. 네가 마지막에 쓴 마술은 제대로 캔슬하지 않으면 이쪽도 위험하겠다 싶어서……."

여자를 울린 게 미안했는지 글렌이 나름 위로의 말을 건넸다.

"그, 그게 아니야……!"

하지만 시스는 울면서 부정했다.

"그럼 혹시 그건가? 나 같은 놈한테 진 게 그렇게 분했어? 뭐, 어쩌겠어. 내 전투방식은 원래 기본적으로 「초견살(初見殺)」인데. 이걸로 밥 벌어먹고 살아왔는데 실전 경험도 부족하고 나랑 싸워보는 것도 처음인 너 하나 이기지 못하면 내 체면이 말이 아니지. 그러니 너무 신경 쓰지 마."

"아니야! 그런 게 아니라구!"

시스는 손등으로 눈물을 훔치며 자리에서 일어났다.

"아, 아무튼 난 당신 따위 인정 못 해! 인정 못 한다구!"

"와~ 이제 와서 말 바꾸기야? 시스 공주님~?"

"시, 시끄러워! 시끄러워시끄러워시끄러워!"

"자, 잠깐 시스!"

세라가 부르는 것도 듣지 않고 시스는 그 자리에서 빠르게 떠나갔다.

"재도 참……."

"음, 왜 저러는 거지?"

"……그건 그렇고 글렌 군."

왜 저렇게까지 자신을 거부하는 건지 이해할 수 없어 고민하는 글렌의 어깨 위에 시라스가 갑자기 손을 툭 얹었다.

"응? 무슨 용건이심까?"

"실은 이제부터 자네를 위한 술자리를 열 예정이네만."

"술자리요?"

"그렇다네. 친족과 남원 각 씨족의 족장들에게 자네를 소개하겠다고 했지? 자네의 환영회와 둘의 혼례 발표를 겸해서 말일세."

"아, 예……."

"그런데 이번 일로 그들도 자네에게 큰 관심이 생긴 모양이더군. 자네의 무용담을 듣고 싶어 하지 뭔가."

시라스는 손가락으로 뒤를 가리켰다.

"으헉?!"

그 움직임을 따라서 고개를 돌리자, 조금 전까지 관객석 맨 앞자리에 앉아 있었던 실바스의 친족들과 각 씨족의 족장들인 듯한 이들이 엄청난 위압감을 내뿜으며 눈앞에 서 있었다.

그리고 그들은 글렌과 시선이 마주치자마자 무시무시한 기세로 말을 걸기 시작했다.

"사위님! 방금 시합은 참으로 대단했소이다!"

"성장 중이라지만 다음 대 《바람의 전무녀》를 그리도 간단히 제압하다니 훌륭하오!"

"대체 어떤 분께 사사하신 겁니까?"

"다음엔 이 몸과 대련을 부탁해도 되겠소?"

"제국에선 어떤 일에 종사하고 계시는지 여쭤도 되겠습니까?"

"우리 세라 공주님과의 첫 만남은 어땠소?"

"하하! 자네 같은 사내가 우리와 동년배라니, 마음이 참 든든하군!"

"오늘 밤은 실컷 마시면서 회포를 풀어봅시다!"

어느새 족장들에게 양팔과 등을 단단히 붙들린 글렌은 도망칠 타이밍을 완전히 놓치고 말았다.

"으음…… 저기, 세라…… 분명 남원의 일족은……."

이때 글렌의 머릿속에 떠오른 것은 언젠가 세라에게 들었던 불온한 정보였다.

"아~ 응. 뭐, 다들 주량이 엄청나게 세긴 해."

그러자 세라도 눈치챘는지 쓴웃음을 흘리며 대답해주었다.

"그, 그렇지? 이 사람들이 전부 너처럼 술이 무진장 센 건가…… 이거 참, 곤란한걸."

"어? 나처럼? 저기, 난 일족 중에선 주량이 약한 편인데……."

"……."

글렌은 자연스럽게 말문이 막혔다.

사실 세라의 주량은 특무분실에서도 독보적인 최강이었다.

가끔 멤버들끼리 술자리를 가지면 방긋방긋 웃는 얼굴로 술병을 모조리 비워버리는데 술꾼으로 유명한 버나드조차 그 페이스를 따라갈 수가 없어서 금세 필름이 끊겨버릴 정도였다.

그런데 그런 세라가 약한 편이라고?

글렌은 자신의 몸을 단단히 붙든 남원의 고귀한 분들에게 시선을 돌렸다.

저마다 친근한 표정으로 웃고 있었지만, 이제 글렌의 눈에는 그들이 사냥감을 앞에 둔 지옥의 악마로밖에 보이지 않았다.

결국 새파랗게 질린 얼굴로 굳어버린 그에게 세라가 슬쩍 귓속말을 건넸다.

"글렌 군, 죽으면 안 된다? 나도 식을 올리기도 전에 미망인이 되는 건 싫으니까."

미래의 아내가 짓는 불안한 표정을 게슴츠레한 눈으로 몇 초 동안 쳐다본 후.

"사, 사람 살려어어어어어어어어어어어어어어어어어어어어!"

어디론가 끌려가는 글렌의 비명이 주위에 울려 퍼졌다.

———.

양털 융단이 깔린 넓은 연회석에서 참가자들이 원을 그리며 바닥에 앉아 있었고, 그 안쪽에는 다양한 요리와 술이 빼곡하게 깔려 있었다.

군만두, 볶음밥, 생선튀김, 고기우동, 교자(덤플링), 꼬치구이, 고기구이, 소시지, 고기와 향초 수프, 석류 등…… 노린내가 없는 남원산 양고기에 향신료를 듬뿍 친 요리들은 냄새를 맡기만 해도 식욕을 북돋았다.

“자자, 사위님. 한 잔 드시게!”

“내 잔도 받아주시오!”

“오오, 거 참 호쾌하게도 드시는군! 역시 세라 공주님의 남편이 될 사나이!”

그런 연회석에서 실바스의 친족과 각 씨족의 족장들이 싱글벙글 웃으며 끊임없이 글렌에게 잔을 올리고 있었다. 아무래도 연공서열이나 상하관계를 그다지 신경 쓰지 않는 문화인지 엄격함과는 거리가 먼 모습이었다.

“저기요~ 세라 공주님, 질문이 좀 있습니다만……?!”

족장들이 교대로 올린 잔을 벌써 몇 번이나 비운 글렌이 옆에 앉은 세라에게 말을 걸었다.

“응? 뭔데? 글렌 군.”

“으, 응. ……이 술은 대체 뭐야?”

글렌은 나무잔에 담긴 투명한 호박색 액체를 게슴츠레한 눈으로 내려다보며 신음을 흘렸다.

“아, 그거. 그건 「보트」야.”

“보트?”

“남원에서 일반적으로 마시는 술. 이 일대의 초원에서 채취하는 사탕수수를 짠 즙을 발효시켜서 만드는 증류주야.”

“그, 그래? 그렇다는 건 럼의 일종인가…….”

“응응. 얼마 전까지만 해도 마유주가 더 일반적이었는데 보트가 만들어진 뒤로는 이쪽이 주류가 됐던가? 어때? 입에 잘 안 맞아?”

“아니, 굳이 따지자면…… 내 입맛에는 맞아. 첫맛이 순한데다 향도 좋고 단 맛도 적은 편이라 솔직히 굉장히 맛있어. 아무튼 마시기 편해.”

“그래? 후훗, 맘에 든 것 같아서 다행이야!”

“그런데 마시기 쉬운 게 오히려 더 문제야! 이거 대체 몇 도나 되는 거야?”

자세히 보니 글렌의 얼굴은 이미 빨갛게 취기가 올라 있었다.

“보통 이렇게 알코올이 강한 술은 금세 못 마시게 되는데 이건 터무니없을 정도로 마시기 편해서 술이 계속 쭉쭉 들어가! 그래서 더 힘들어!”

“응~? 그렇게 센가? 어디 보자…….”

세라는 양손으로 들고 있는 나무잔의 내용물 — 당연히 보트 — 을 기품 있는 자세로 싹 비워버렸다.

“으음? 평범한 거 같은데…….”

“네가 왜 특무분실에서 주량으로 독보적인 최강인지 이제야 알겠다!”

이게 평범하다면 제국에서 흔히 마시는 와인이나 에일 같은 건 그냥 물처럼 느껴지리라.

취기가 돌아서 빙글빙글 도는 머리로 글렌은 어떻게든 이 지옥의 술자리를 벗어날 방법을 고민할 수밖에 없었다.

"그건 그러코, 글렌 구운~."

그러자 갑자기 세라가 글렌의 어깨에 머리를 기대왔다.

"뭐, 뭔가요? 세라 공주님."

"아까부터 다른 사람들 잔은 받아주면서…… 미래의 아내인 내 잔은 왜 안 받아주는 거야아~?"

그리고 천사 같은 귀여운 얼굴로 지옥처럼 무시무시한 발언을 입에 담았다.

"아, 아니, 그게 말입죠. 세라 공주님? 시, 실은 제, 제가 이미 한계라……."

"왜 안 받 아 주 는 거 야아~?"

불가사의한 압력과 박력이 넘치는 미소를 지은 세라가 눈앞에 술병을 불쑥 내밀었다.

눈처럼 새하얀 얼굴은 어느새 새빨갛게 물들어 있었다.

이건 굳이 확인해볼 것도 없었다.

"세라, 너 취했지?"

"아하하~ 안 취했거든~? 난 이 남원의 공주인걸~? 공주님이 남들 보는 앞에서 취하는 추태를 부릴 리 없자나~."

"취했어! 완벽하게 취했다고! 그거 취한 사람이 항상 입에

달고 사는 말이잖아!"

"갠차나~ 갠차나~."

뭐가 괜찮다는 건지 세라는 몸을 내밀어서 글렌이 손에 든 잔에 다시 술을 따랐다.

당연히 표면장력이 생길 정도로 듬뿍.

"우오오오오오옷?! 역시 사위님!"

"무력도 강한 데다 주량까지 세다니! 이게 사나이지!"

"역시 세라 공주님의 안목은 정확했구려!"

"""우하하하하하하하하하하하하하하하하하!"""

아주 신이 나서 떠들어대는 족장들 앞에서 글렌은 죽은 눈을 했다.

"자, 글렌 군. 쭉~ 들이켜 봐. 사랑하는 아내의 잔이잖아? 애정도 듬뿍 담았다구~."

"아, 아니, 그러니까 세라…… 나, 난 이미……."

정신없이 귀여운 공세를 퍼붓는 세라의 모습에 뺨을 실룩인 순간.

"사위님~ 공주님께 멋진 모습을 한번 보여 주십쇼!"

"""원샷! 원샷! 원샷! 원샷! 원샷!"""

갑자기 족장들이 머리 위로 손뼉을 치며 원샷 콜을 연호했다.

"에라이~ 이 바보 자식들아! 그건 또 세계 공통어냐고! 제기랄아아아아아아아아아아아아아아아아알!"

이제 될 대로 되라는 듯 벌떡 일어난 글렌이 단숨에 잔을 들이켰다.

그러자 참가자들도 양팔을 세워 들고 크나큰 환호성을 보냈다.

"아하하! 글렌 군, 굉장해! 역시 내 남편!"

세라도 웬일로 아이처럼 신이 나 있었다.

"야! 다음은 누구냐! 계속 덤벼!"

일단 속이 비어 있으면 위험하니 교자를 한 개씩 집어먹으며(사실 아직 아무것도 먹은 게 없었다) 눈물 맺힌 눈으로 주위를 둘러보았다.

"호오? 제법이군. ……그렇다면 이 몸과 주량 대결은 어떤가!"

"아니, 나다! 젊은 것들에겐 아직 질 수 없지!"

"이 몸과도 대작을 부탁하오오오오오오오오!"

술병을 손에 든 이들이 그런 글렌을 향해 끊임없이 몰려들었다.

지옥의 연회는 이제 막 시작된 참이었다.

————.

“우웩…… 역시 죽겠구만.”

깊은 밤.

글렌을 둘러싼 채 먹고 마시고 떠들고 노래까지 불러대던 연회도 어느덧 막을 내리고, 아니. 완전히 필름이 끊겨서 시체처럼 늘어진 참가자들의 모습이 가득한 광경을 뒤로 한 글렌은 중정에서 밤바람을 맞고 있었다.

“나 원, 저 인간들…… 날 죽일 셈이야?”

술기운 때문에 달아오른 몸에 살며시 닿는 바람이 기분 좋았다.

아름다운 달.

별이 가득한 밤하늘.

술은 이미 질리도록 마셨지만, 왠지 저 달을 안주 삼아 한잔하고 싶어지는 광경이었다.

“하하하, 괜찮나? 글렌 군.”

인기척이 느껴져서 고개를 돌리자 시라스가 있었다.

“그건 그렇고 대단하군, 자네. 설마 끝까지 버틸 줄은 몰랐네만.”

“아~ 실은 편법을 좀 썼습다. 중간부터 몰래 【블러드 클리어런스】를 몇 번이나 썼거든요. 솔직히 안 그러면 제가 먼저 죽을 거 같아서 말입다…….”

백마 【블러드 클리어런스】. 체내의 혈액을 정화하는 주문이다.

본디 해독용 마술이지만, 가볍게 응용하면 알코올도 분해할 수 있다.

그럼에도 한계는 있기에 글렌은 당장 드러누워 자고 싶을 정도로 기진맥진한 상태였다.

“아하, 제국이 세계에 자랑하는 마도기술인가? 참 편리하군.”

사실 술자리에서는 금기나 다름없는 행위였지만, 시라스는 딱히 불쾌한 기색도 없었다.

“그 마술도 그렇고 낮에 시스를 완벽하게 제압했던 것도 그렇고…… 역시 제국의 마도기술은 일취월장하고 있는 것 같군. 우리도 주가(呪歌)나 마곡(魔曲)이나 정령 소환술 같은 전통 마도기술에는 나름 자신이 있었네만, 슬슬 시대에 뒤처지고 있는 걸지도 모르겠어.”

“……그 정도는 아니라고 생각합니다만.”

글렌은 어떻게 반응해야 좋을지 몰라 애매모호하게 대답했다.

“글렌 군. 자네가 보기에 이 알디아는 어떤가. 어디 기탄없는 감상을 들려주게.”

그러자 옆으로 다가온 시라스가 같이 하늘을 올려다보며

물었다.

"흐음…… 뭐, 좋은 곳이죠."

글렌은 하늘에 시선을 고정한 채로 신중히 말을 고르며 솔직하게 대답했다.

"물도 공기도 좋고 술도 요리도 맛있고요. 그리고 무엇보다 이 동네 사람들은 뭐랄까…… 유쾌하고 손이 큰 사람들뿐이네요. 바보 같은 정도로……."

"하하하, 모두 이 초원과 바람을 사랑하는 타고난 자유인들이다 보니 기질이 대범한 이들이 많다는 건 부정할 수가 없군."

"너무 자유롭지 않습까."

조금 전까지의 술자리를 떠올린 글렌이 약간 질린 투로 말했다.

"하하하, 그렇게 말하면 좀 찔리는군. ……그래도 뭐, 아무튼 자네에게는 좋게 보인 것 같아 다행이네."

시라스는 부드럽게 미소 지었다.

"그리고 고맙네, 글렌 군. 자네 옆에선 그 아이…… 세라가 무척 즐겁고 행복해 보이더군."

"……그런가요?"

아까 완전히 술에 떡이 돼서 사라의 도움을 받아 겨우겨우 침소로 간 세라의 모습이 떠올랐다.

확실히 아무리 술이 세다고는 해도 평소에는 저런 식으로

의식을 잃을 때까지 마시는 타입은 아니었다.

오랜만에 고향에 와서 긴장이 풀린 걸까? 아니면…….

"《바람의 전무녀》……. 남원 알디아의 수호자. 이건 우리 실바스 일족으로 태어난 여자의 책무…… 솔직히 이건 남원의 평화와 안녕을 혼자 짊어져야 하는 무거운 숙명일세. 바람을 다스리는 위대한 신과 교신할 수 있는 무녀에게는 그만한 힘과 책임이 있으니까."

"……."

"결혼하는 것과 동시에 다음 대 무녀에게 책무를 계승하고 은퇴하는 것이 관례라고는 하나 지금까지 그 아이에게 그 무거운 짐을 떠맡긴 채 갖은 고생을 하게 만든 게 사실일세. ……여러모로 말이지."

"……."

"그러니 그만큼 행복해지기를 바라고 있는걸세. 그 아이의 아버지로서."

그렇게 말한 시라스는 글렌의 눈을 똑바로 바라보더니 곧 조용히 고개를 숙였다.

"글렌 군. ……부디 앞으로는 항상 내 딸 곁에 있어주게. 이 남원이든 제국이든 장소는 상관없네. 그저 내 딸 곁에 있어 주기만 하면 되네. 자네의 존재가 바로 내 딸의 행복이니까."

"……예, 물론이죠. 전 무슨 일이 있어도 세라를 놓지 않을 겁니다. 반드시, 평생 세라를 지키겠다고 약속하겠습니다."

시라스의 진지한 바람을 들은 글렌은 나직한 목소리로 분명하게 대답했다.

욱씬!

어째선지 마음 한편이 아려오는 것을 느끼면서…….

제3장 남원의 교사

꿈을 꾸었다.

왠지 요즘 자주 꾸는 이상한 꿈이었다.

~~~~.

싸우고 있다.

꿈속에서 어딘지 모르게 낯이 익은 소녀들이 싸우고 있다.

무한한 우주 공간 같은 장소에서 세 명의 소녀들이 한 남성과 처절한 사투를 벌이고 있다.

대체 왜? 이게 꿈속이라서?

그 소녀들과 남자는 상상을 초월하는 신비를 구사하고 있었다.

"하아아아아아아앗! 《Iya, Ithaqua》!"

흰옷을 입은 은발 소녀는 누군가를 닮은 풍술사였다.

외우주의 위대한 바람의 신성을 부려서 빛나는 바람을 타
~~~~

고 광속으로 공간을 이동.

모든 차원과 공간을 넘나드는 바람을 자유자재로 다뤄서 광속의 바람을 생성하고 절대영도에 달하는 필멸의 냉기로 남자에게 맹렬한 공세를 퍼부었다.

"대답해줘! 《우리들의 열쇠》여!"

오른손에 은 열쇠, 왼손에 황금 열쇠를 든 금발 소녀는 시공간의 지배자였다.

은 열쇠로 공간을, 황금 열쇠로 시간을 자유자재로 조작하고 있다.

차원의 뒤틀림이, 균열이, 왜곡이, 제로 차원 공간 압축이.

찰나, 혹은 되감겨진 수억 년의 시간이. 소규모 블랙홀이.

가차 없이 남자를 향해 날아들었다.

"……음, 【유대의 여명·신역(데이브레이크 링크)】! 이야아아아아아아아아아아압!"

작은 체구의 청발 소녀는 검을 들지 않은 검사였다.

인간의 존재를 유지한 채 자신을 지고의 검으로 승화시킨 검신이었다.

이 세계에 존재하는 모든 운명과 개념을 벨 수 있는 궁극의 참격이 여명의 은색으로 빛나며 수천 가닥의 섬광으로 변해 마치 유성무리처럼 남자를 노리고 쏟아졌다.

소녀들의 저 공격에 맞으면 보통은 먼지조차 남지 않을 터.

영혼도, 개념도, 내세조차 남지 않을 터.

금기교전(아카식 레코드)에서 존재가 말소당할 터.

"정의(저스티스)!"

그러나 남자는 그 모든 공격을 정면에서 튕겨냈다.

그리고 수많은 천사를 거느린 채 왼팔의 흑검을 휘둘러 소녀들을 쓸어버렸다.

"하하하하하하하하하하하하하하하!"

그래도 봐주면서 싸우고 있는 건지 남자는 여유 있는 표정으로 웃었다.

하지만 소녀들은 항상 전심전력을 다하며 남자의 공격을 간신히 막아내고 있는 건지 몹시 괴로운 표정을 짓고 있었다.

'……하하, 뭐야 이건.'

나도 모르게 건조한 웃음이 흘러나왔다.

그만큼 터무니없는 광경이었기 때문이다.

그야말로 꿈속에서나 가능할 법한 영역의 전투, 아니.

이딴 건 꿈이어야만 했다.

솔직히 말해 소녀들에게 승산은 없었다.

굳이 하나를 짚어서 예를 들지 않아도 저 소녀들은 분명 세계관 최강급 강자일 터.

하지만 소녀들이 상대하는 남자는 그 이상이었다.

그야말로 어른과 갓난아이의 싸움이니 이길 수 있을 리가. 결과는 절망적이다.

그럼에도 소녀들은 대체 어떤 희망을 품고 있는 건지 이만한 역량 차 앞에서도 포기하려 하지 않았다.

"루미아! 리엘! 아직…… 싸울 수 있지?"

"응, 문제없어!"

"……응! 가능해!"

주위의 별들이 파괴되고 흩어지는 광경 속에서 소녀들은 다시 남자를 향해 무기를 들었다.

"선생님은…… 반드시 돌아오셔! 그때까지 꼭 버티자!"

"그래!"

"응!"

은발 소녀의 목소리에 금발 소녀와 청발 소녀가 힘차게 대답했다.

L NOVEL
변변찮은 마술강사와 금기교전 23권
발매 기념 초판 한정 특전
[NOT FOR SALE]
©Taro Hitsuji, Kurone Mishima 2023
KADOKAWA CORPORATION

“그게 어떤 꿈이든…… 저 사람이 저대로 멈춰 설 리 없어! 계속 꿈속에 묶여 있을 리 없다구! 왜냐하면 저 사람은……! 저 사람은……!”

은발 소녀가 대체 무슨 말을 하는 건지 이해할 수 없었다.

꿈속에 묶여 있는 사람?

아니, **꿈속에 있는 건 너희들이잖아.**

~~~~.

“으엑…… 이거 완벽한 숙취구만.”

“아하하, 고생했어. 글렌 군.”

술자리라는 명목의 지옥을 돌파한 다음 날 이른 아침.

글렌은 세라와 함께 실바니아 궁전의 통로를 걷고 있었다.

오늘도 남원에는 상쾌한 바람이 불고 있었다.

“【블러드 클리어런스】를 썼는데도 이 정도라니…… 무섭구만, 남원.”

“어, 어제는 글렌 군이 참가한 첫 술자리였고…… 정식으로 우리 결혼을 발표한 자리라 다들 너무 흥분해서 그런 게 아닐까? 아마 다음부턴 이 정도까진 아닐 거야. ……아마도.”

“마지막 한마디 때문에 더 불안해졌어.”

글렌은 진저리를 치며 투덜거렸다.
~~~~

그리고 나중에 【블러드 클리어런스】를 두세 번쯤 더 써야겠다고 결심하며 세라에게 물었다.

"그건 그렇고 시라스 씨가 나한테 볼일이라니…… 뭘까?"

"난 못 들었어. 아버지가 글렌 군에게 직접 말씀하시고 싶은 일이 있는 게 아닐까?"

"후우…… 골치 아픈 일만 아니면 좋겠는데."

이런 이유로 두 사람은 시라스의 방으로 걸음을 옮겼다.

————.

"아하하, 이른 아침부터 불러서 미안하네. 글렌 군."

안으로 들어가자 평소처럼 온화한 모습의 시라스가 글렌을 웃으며 맞이했다.

"안색이 꽤 안 좋아 보이는데, 괜찮은가?"

"아, 문제없습다. ……취해서 그런지 꿈자리가 좀 사나웠던 것뿐이니까요."

글렌은 고개를 저으며 대답했다.

뭔가 중요한 꿈을 꾼 것 같았지만, 기억이 잘 나지 않았다.

"그런데 절 왜 부르신 건가요?"

"아, 그랬지. 하나씩 순서대로 설명하지. 일단 자네와 세라의 결혼식 말이네만…… 일주일 뒤로 정해졌네."

"……!"

“이쪽도 준비할 게 많아서 시간이 좀 걸려. 그때까지 느긋하게 지내주게. ……괜찮겠나?”

“아뇨, 전혀 상관없습니다. 오히려 제가 부탁드리고 싶은 심정입니다만.”

“고맙네. 일족을 총동원해서 성대한 식을 올릴 예정일세. 세라도 이걸로 괜찮겠니?”

“……고마워요, 아버지.”

세라도 기쁘게 웃었다.

“그런데 시라스 씨? 하실 말씀이 이게 끝이 아닌 거 같은데요.”

“훗, 이야기가 빨라서 다행이군.”

글렌이 재촉하자 시라스는 웃는 얼굴로 입을 열었다.

“그래. 실은 글렌 군에게 부탁하고 싶은 일이 하나 있다네. 손님에게 이러는 건 내키지 않네만, 그래도 이건 자네 같은 새 바람이 아니면 맡을 수 없는 일이라서 말이지.”

“으음…… 제가 구체적으로 뭘 하면 되는 겁니까?”

“그럼 솔직히 말하겠네. 글렌 군…… **교사**가 돼볼 생각은 없나?”

“……예? 교, 교사?! 제가요~?!”

전혀 예상치도 못했던 제안에 글렌은 경악할 수밖에 없었다.

————.

시라스 왈.

남원은 무한에 가까운 대초원에서 자유를 사랑하는 민족이 살아가는 땅이긴 하지만, 문화와 전통은 꽤 보수적이고 폐쇄적인 편이라고 한다.

그러나 시대는 바뀌는 법.

시간의 흐름에 따라 사람이 바뀌고, 가치관이 바뀌고, 기술이 바뀌고, 상식이 바뀌는 법이다.

옛것을 지키고 전통을 감사히 여기는 것만으로는 시대의 바람에 뒤처지고 만다.

남원 알디아는 미래를 위해서라도 현 세상의 흐름과 새로운 것을 배우며 성장을 거듭해야만 한다.

그러니 마침 이 기회에 자네의 젊은 활력과 지식을 일족에게 빌려주었으면 한다.

"……라고 시라스 씨는 거창하게 말씀하셨지만 말이야. 요컨대 이건 알리디아에 지은 마술학교에 교사가 부족하니까 당분간 한가할 예정인 나한테 머릿수 좀 채워달라는 거지? ……왠지 일거리만 떠맡은 기분인데."

글렌은 지정된 장소를 향해 나아가며 투덜거렸다.

"뭐, 글렌 군은 제국의 세계 최첨단 마도기술을 굉장히 높은 수준으로 익힌 마술사니까 말이야. 아버지도 그런 인재를 그냥 내버려두고 싶지 않으신 거겠지."

"지식은 몰라도 실력은 아직도 삼류지만."

"그렇게 비하하지 좀 마. 그리고 솔직히 난 글렌 군이 교사에 어울린다고 생각해."

그와 나란히 걷는 세라는 왠지 신이 나 보였다.

"글렌 군은 남한테 가르치는 걸 잘하고, 이러니저러니 해도 사람도 잘 돌보는 성격인걸."

"그런가? 솔직히 난 전혀 아닐 거 같은데. 매일 지각하고 수업도 땡땡이치는 변변찮은 마술강사가 될 것 같아."

"뭐, 어때. 일단 해보지 않으면 모르잖아?"

세라는 쿡쿡 웃었다.

"게다가…… 사실 나도 결혼해서 정식으로 《바람의 전무녀》 자리에서 은퇴하면 제국군에 있을 때 배운 지식과 경험을 살려서 교사가 되어 볼까 생각하던 참이기도 했어. 후훗, 글렌 군이랑 함께 부부가 교사라…… 왠지 멋지지 않아?"

"뭐…… 응. 그럴지도……."

글렌은 빨갛게 달아오르는 얼굴로 우물쭈물 대답하다 입을 다물 수밖에 없었다.

내심 나쁘지 않겠다는 생각이 들었기 때문이다.

"……어느새 그 학교에 도착한 모양이네."

걸음을 멈추고 고개를 들자 학교인 듯한 건물이 길 맞은

편에 보였다.

"저건가."

교외의 나무들이 듬성듬성 자란 넓은 공터에 지은 아담한 사이즈의 건물이었다.

글렌의 고향인 알자노 제국의 남부 요크셔 지방에 있는 학구도시 페지테에는 알자노 제국 마술학원이라고 하는 거대한 국립 마술 교육 시설이 있지만, 눈앞에 있는 학교는 그에 한참 미치지 못했다.

알리디아의 일반적인 벽돌 주택에 비하면 제법 큰 편이지만, 그게 끝이다.

이 정도 규모라면 안에 있는 교실은 기껏해야 두세 개쯤이 아닐까.

그나마 건물 자체는 최근 몇 년 이내에 지은 게 분명한 새것이었다.

어쨌든 글렌이 상상했던 학교와는 꽤 거리가 있는 모습이다.

"흐음…… 마술 전문학교라기보단 마술도 가르치는 교회의 주말 학교 같은 건가 보네."

"아하하, 애초에 우린 학교에서 뭘 가르치는 문화가 없었으니까. 마도에 관한 지식은 각 씨족별로 각각 문외불출의 비기를 전수하는 식이었고."

글렌의 혼잣말을 세라가 어색한 미소로 보충했다.

"그래도 앞으로는 제국의 최신 마술도 도입해서 남원도

교육 제도나 교육 수준을 빠르게 발전시킬 거래. 우리는 그 시범 케이스인 셈이랄까?"

"후우~ 책임이 막중하구만."

글렌은 한숨을 내쉬며 머리를 긁적였다.

"어쩔 수 없지. 그럼 임시 교사 글렌 선생님과 세라 선생님의 첫 수업을 시작해볼까."

"응! 열심히 하자! 글렌 군!"

그런 대화를 나눈 두 사람은 다시 학교로 걸음을 옮겼다.

————.

복도를 걷고 있던 글렌과 세라는 곧 교실 문 앞에 도착했다.

"으음~ 그 교실이 여기 맞지?"

"후훗, 드디어 우리의 첫 학생들과 만나는 거네."

세라가 옆에서 기대감이 가득한 얼굴로 미소 지었다.

"긴장했어?"

"그럴 리가."

고개를 절레절레 저은 글렌은 교실 문을 열었다.

그렇게 문 너머에서 그들을 기다리고 있었던 광경은—.

~~~~.

—선생님도 참! 또 지각이에요? 이제 적당히 좀 하시라구요!

왠지 낯이 익은 은발 소녀가 화난 표정을 지었고.

—아하하, 진정해. 시스티. 선생님도 악의가 있으신 건 아니잖니.

왠지 낯이 익은 금발 소녀가 웃는 얼굴로 달래고.

—응. 맛있어…….

왠지 낯이 익은 청발 소녀가 혼자 딸기 타르트를 우물거렸고.

—하하하하! 선생님도 참, 여전하시네요!

—나 원, 조금은 우리의 교사라는 자각을 가지셨으면 합니다만.

—흥! 얼른 수업이나 시작해주시면 안 될까요? 이미 수업 시간이거든요?

왠지 낯이 익은, 남녀별로 통일감 있는 교복을 입은 마흔 명 남짓한 소년 소녀들이 하나 같이 친근한 눈빛으로 이쪽을 바라보고 있었다.

그런 교실 내부의 모습은 겉에서 본 것과 전혀 다른 세련된 분위기였다.

마치 알자노 제국 마술학원의 교실 같은…….
~~~~

~~~~.

"……글렌 군?"

"……!"

세라의 목소리를 들은 글렌은 그제야 정신을 차리고 눈가를 문질렀다.

"뭐, 뭐지……? 방금 그건……."

세련된 교실 풍경은 이미 어디에도 없었다.

눈앞에 있는 건 밖에서만 봐도 예상할 수 있는 소박한 분위기의 교실이었다.

"왜 그래? 갑자기 멍하니."

"아~ 아니, 아무것도 아냐. 아직 술이 덜 깼나 봐."

다시 교실 안으로 시선을 돌리자 소년 소녀 열 몇 명이 책상 앞에 앉아 있었다.

교복이 따로 없는지 복장에는 통일감이 없었다. 각자 자유롭게 입고 있었다.

그리고 나이에도 통일감이 없었다. 기본적으로는 다들 어리지만, 열 살도 채 되지 않은 어린애부터 십 대 후반으로 보이는 청년까지 있었다.

시라스의 말에 따르면 학생들은 각 씨족에서 지원한 젊은 이들이라고 한다. 그러고 보니 학교 건물 옆에 기숙사인 듯한 건물도 있던 것 같았다.
~~~~

그런 그들은 저마다 기대와 불안이 뒤섞인 눈으로 글렌을 바라보고 있었다.

당연히 그 눈빛에 친근함은 아직 없었다. 당연했다.

그들과는 지금이 첫 만남일 테니까.

하지만 어디에나 예외는 있기 마련이다.

"아아아아아아아아아아아아아아아아아아아앗?! 당신은?!"

덜컹!

교실 맨 앞자리에 있던 한 소녀가 글렌을 보자마자 벌떡 일어났다.

바로 그 예외— 시스였다.

"으엑…… 너도 이 학교 학생이었던 거냐."

골치 아픈 예감이 든 글렌은 성대한 한숨을 내쉴 수밖에 없었다.

"당연하죠! 장래에 이 남원을 이끌 몸으로서 나날이 새로운 지식을 배우고 단련에 힘쓰는 게 제 의무니까요! 헉?! 아니, 그보다 시라스 숙부님께서 말씀하신 오늘부터 이 학교에 세라 언니와 함께 교사로 올 분이라는 게 설마?!"

"그래, 나다."

글렌은 머리를 긁적이며 교단에 섰다.

그리고 궁금함으로 눈을 반짝이는 학생들 앞에서 자기소

개를 시작했다.

"그런고로 오늘부터 너희들에게 공부를 가르치게 된 글렌 레이더스 선생님과 여기 있는 모두의 아이돌 세라 공주 선생님이다. 앞으로 잘 부탁……."

"당신 같은 사람은 필요 없거든요?! 세라 언니만으로도 충분해요! 당장 돌아가!"

시스는 여전히 쌀쌀맞은 태도였다.

앞으로 다사다난할 것 같은 예감에 글렌이 한숨을 내쉬자, 보다 못한 세라가 결국 쓴소리를 입에 담았다.

"잠깐, 시스. 너무 무례한 거 아니니? 글렌 군은 선생님이야. 스승에게는 최대한 경의를 표하는 게 우리의 법도 아니었어?"

"그, 그치만 세라 언니! 저희가 저딴 외부인한테 배울 게 있을 리 없잖아요! 안 그래?"

당황한 시스가 황급히 다른 학생들을 돌아보며 동의를 구했다.

"으음~ 뭐, 그럴지도?"

"제국인 교사가 우리한테 가르칠 거라면…… 아마 제국의 마술이겠지?"

"아니, 우리도 알자노 제국의 마술은 여기서 어느 정도 배우긴 했는데…… 솔직히 말해 우리가 쓰기엔 좀 불편하달까……."

"우리가 쓰는 주술이나 정령술이 더 낫잖아?"

"응응. 모처럼 배워봤자 장래에 전혀 도움이 안 되지?"

"강해지려면 괜히 한눈팔지 말고 이대로 남원의 전통 마도기술을 연마하는 쪽이 더 낫지 않나?"

시스의 의견에 동의하는 학생들이 제법 많아 보였다.

"얘, 얘들아! 그렇지 않아!"

그러자 세라가 황급히 부정했다.

"나도 제국군에 들어가서 배웠는데 제국의 마술은 사실 굉장해! 우리의 주술이나 정령술도 대단하지만, 그거랑 별개의 의미에서!"

"굉장하다니…… 뭐가요? 제국의 마술은 그냥 정해진 주문을 영창해서 정해진 효과를 내는 것뿐이잖아요? 전 정령에게 지시를 내려서 유동적으로 운용할 수 있는 우리의 정령술에는 비할 바가 못 된다고 생각하는데요."

"확실히 그건 그렇지만, 그런 의미에서도 제국의 마술은 굉장하다구! 예를 들면…… 너희도 대충 알고 있는 그게 이런 뭉실뭉실한 느낌이니까 이렇게 막 구불구불 주무를 수 있어! 그러니 막상 필요할 때에 이걸 제대로 딱 쓰면 그게 막 우오오옷! 하고 상승한 그걸 팟! 하고 써버릴 수 있다구! 어때? 굉장하지 않니?"

세라는 손짓발짓 섞어가며 아주 열성적으로 설명했다.

""""……""""

하지만 학생들은 게슴츠레한 눈으로 침묵할 뿐이었다.

"어, 어라? 왜……?"

이런 미묘한 반응이 돌아올 줄 예상하지 못한 건지 눈만 깜빡거리는 세라의 어깨를 뜨뜻미지근한 표정의 글렌이 가볍게 두드렸다.

"세라. 넌 가르치는 재능이 없어."

"그, 글렌 구우우운~?! 왜 그런 심한 말을 하는 거야?!"

글렌은 울상이 된 세라를 무시하고 한숨을 내쉬었다.

그러고 보니 세라는 천재 중에서도 독보적인 감각파였다는 게 새삼스럽게 떠올랐다.

'자, 그럼 어떻게 할까…….'

"《뇌정의 자전이여》."

그러자 마침 누군가가 익숙한 주문을 영창했다.

"……!"

다음 순간, 한 줄기 뇌격이 글렌의 콧잔등을 스치고 지나갔다.

뇌격이 날아온 방향으로 시선을 돌리자 시스가 있었다.

그녀는 왼손 검지를 그를 향해 겨눈 채 도발적인 미소를 짓고 있었다.

"이건…… 흑마 【쇼크 볼트】라는 주문이죠? 당신들 제국인이 처음으로 배우는 마술이라는."

"……맞아. 그런데?"

"기본은 《뇌정이여·자전의 충격으로·쓰러뜨려라》라는 지루한 세 소절 영창. 하지만 《뇌정의 자전이여》라는 한 소절로 단축하면 마력 소비량을 희생하는 대신 발동 전의 빈틈을 줄일 수 있는 거고요."

"그렇지."

"솔직히 말하면 그게 뭐 어쨌다는 건지 모르겠네요."

완전히 이쪽을 무시하는 듯한 태도로 말하던 시스가 갑자기 휘파람을 분 순간.

서걱!

이번에는 글렌의 눈앞에서 발생한 진공이 앞머리 몇 가닥을 잘라버렸다.

아마 세라도 자주 쓰는 남원의 정령술인 마곡의 일종이리라.

주위에서 떠다니는 눈에 보이지 않는 바람의 정령에게 휘파람으로 지시를 내린 것이다.

"이딴 건 우리가 부는 휘파람만도 못한 재주잖아요? 우리에겐 이 밖에도 독자적인 수많은 비술과 오의가 있어요. 그런 우리에게 제국의 마술을 배울 가치가 정말로 있기는 한걸까요? 그걸 어디 한번 가르쳐줘 보시죠. 선·생·님."

시스가 자신 있게 발언한 순간, 교실이 조용해졌다.

대놓고 말하지는 못하겠지만, 그건 분명 이 자리에 있는 학생들의 본심이었으리라.

저마다 어색한 표정으로 입을 다물었다.

그리고 학생들이 글렌도 반박할 수 없으니 입을 다문 걸 거라고 생각한 순간.

"하하…… 하하하."

어째선지 글렌은 웃음을 터트렸다.

그러자 그 반응이 못마땅한 시스가 바로 물고 늘어졌다.

"왜, 왜 웃는 거죠?!"

"아니, 뭐랄까…… 첫 수업은 역시 이래야지! 아하하하하!"

학생들은 글렌이 대체 왜 웃는지 몰라 눈만 데굴거렸다.

정작 본인도 왜 이렇게까지 유쾌한 기분이 드는지는 알지 못했다.

하지만 왠지 그리운 기분이었다.

"뭐, 됐다. 그럼 남원에서의 내 기념비적인 첫 수업에선 그 【쇼크 볼트】 주문을 다뤄보기로 하지."

글렌이 그렇게 선언하자 교실 전체가 소란스러워지기 시작했다.

"잠깐만요, 선생님! 저희는 그 【쇼크 볼트】라면 다들 이미 완벽하게 익혔거든요?"

"세 소절 영창뿐만 아니라 한 소절 영창도요!"

"이제 와서 그런 저급 주문을 배워봤자…… 하다못해 장래에 저희에게 도움이 될 고급 주문을 가르쳐주시면 안 되나요?"

그런 학생들 중에서도 시스의 반응은 당연히 유독 표독했다.

"잠깐, 당신! 지금 장난하는 거예요?! 역시 당신 따윈 우리한테 필요 없어요! 당장 나……."

"장난은 무슨."

글렌의 어깨를 으쓱이며 시스를 향해 히죽 웃었다.

"애초에 【쇼크 볼트】를 가지고 그런 식으로 말한다는 것 자체가 너희가 마술에 대해 아무것도 모른다는 반증이라고. 표면적인 지식으로 대충 쓸 수 있게 된 걸 가지고 마치 완벽하게 익힌 것 같은 느낌이 든 것뿐이야. 애당초 너희가 쓰는 정령술은 선천적인 적성이 전부잖아? 정령의 존재를 인식할 수 있느냐에 따라 쓸 수 있는 놈은 쓰지만, 못 쓰는 놈은 평생이 걸려도 못 써. 그렇다면 완전 쌩 기초 주문이라고 해도 「표면적인 지식만으로도 누구나 간단히 마술을 발동할 수 있다」는 게 얼마나 터무니없는 일인지 이해가 안 돼?"

"그게 무슨……!"

"그 정도 수준이라면 【쇼크 볼트】가 딱이야. 그러니 닥치고 들어봐."

글렌의 도발적인 말투에 시스가 새빨개진 얼굴로 몸을 떨었지만, 무시하고 교실에 비치된 칠판으로 몸을 돌렸다.

그리고 분필을 들고 글자를 적기 시작했다.

《뇌정이여·자전의 충격으로·쓰러뜨려라》

“자, 이건 너희도 알다시피 【쇼크 볼트】의 주문이야. 이 주문을 영창하면 너희가 외운 마술식이 마력을 소비해서 외계에 효과를 발동하는 셈이지. 에너지 보존 법칙에 따라.”

“그래서 그게 어쨌다는 거죠?! 우리가 노래나 피리나 춤으로 마술을 쓰는 것과 다를 바 없잖아요!”

“출력된 결과만 놓고 보면 그렇겠지.”

의도를 파악하지 못해 짜증을 내는 시스에게 글렌은 다시 어깨를 으쓱였다.

“그럼 반대로 질문하지. 너희의 정령술을 발동할 때 쓰는 노래와 피리…… 그걸 잘못 다루거나 실수하면 어떻게 되지?”

“그야 실패하는 게 당연하죠! 발동하지 않거나 폭발하면서!”

“뭐, 예상했던 답이군. 너희는 본인들이 쓰는 전통 마술에 대한 이해도도 고작 그 정도잖아?”

슬슬 시스뿐만 아니라 다른 학생들에게도 분노가 차곡차곡 쌓이는 게 보이자 세라는 안절부절못했다.

하지만 당사자인 글렌은 전혀 개의치 않고 칠판에 쓴 주문을 분필로 고치기 시작했다.

《뇌정이여·자전의·충격으로·쓰러뜨려라》

"이러면 이 주문은 네 소절 영창이 된다만…… 이걸 영창하면 어떻게 될까? 맞혀봐."

"다, 당신…… 저희를 어디까지 무시해야 직성이 풀리는 거죠?!"

시스를 시작으로 다른 학생들도 불평을 터트리기 시작했다.

"그야 발동이 실패하는 게 당연하잖아요!"

"그건 주가를 도중에 씹는 거나 마찬가지죠? 발동한다고 해도 제대로 된 효과가 나올 리 없잖아요?"

"결과는 알 수 없습니다! 예측 불가능이에요!"

"훗! 전부 예상했던 반응이로구만. 아주 고~맙다!"

하지만 글렌은 오히려 엄지를 세워 들고 웃었다.

그리고 당당하게 선언했다.

"정답은 오른쪽으로 휜다, 다."

그리고 주문을 영창하자 왼손 검지에서 발사된 전격이 시스를 향해 날아갔다.

"……앗?!"

별안간 주문의 표적이 된 시스는 반응하지 못해 굳어버렸지만, 전격은 그녀의 얼굴에 닿기 직전에 갑자기 궤도를 바꿔 오른쪽 벽에 명중했다.

""""……?!""""

그 이해할 수 없는 현상에 학생들이 모두 경악했다.

"말해두지만, 처음부터 이렇게 될 줄 알았던 건 아니다? 그냥 이해한 것뿐이지. 너희들과는 다르게."

"그, 그게 무슨……."

그러자 이번에는 분한 표정으로 자리에서 일어난 시스가 칠판 앞으로 성큼성큼 걸어가더니 글렌이 쓴 주문을 멋대로 고쳐 썼다.

《뇌정이여·자전의 충격·으로·쓰러뜨려라》

"그럼 이렇게 쓰면 어떻게 되죠?!"

"아, 이거라면 왼쪽으로 휘겠군."

글렌이 주문을 영창하자, 그 말대로 이번에는 전격이 왼쪽으로 휘었다.

《뇌·정이여·자전 으로·쓰러뜨려라》

"그, 그럼 이건?"

"처음이랑 똑같이 오른쪽으로 휘겠군. 다만 사거리는 3분의 1로 줄고 출력도 낮아질 거다."

글렌이 주문을 영창하자, 이번에도 그 말대로 되었다.

"아, 아, 아아……!"

그 뒤로도 시스가 주문을 계속 엉망진창으로 고쳐 썼지만, 그때마다 글렌은 결과를 정확히 예측했다.

대체 어떻게 알아낸 것일까.

아니, 그의 눈에는 대체 무엇이 보인 것일까.

서서히 글렌을 보는 학생들의 시선이 바뀌기 시작했다.

"야, 너. 우리 마술로 저런 게 가능해?"

"무리야. 소환 마곡이나 주가를 틀리면 어떤 결과가 일어날지는 알 수 없어. 거기다 우리가 쓰는 정령술은 정령에게 어느 정도 지시를 내릴 수는 있어도 이 정도까지 완벽한 결과를 재현하는 건 불가능해. 애초에 연주 상태나 정령의 기분에 따라 바뀌기도 하니까."

"그, 그럼 선생님은 어떻게 결과를 예측한 거야?"

"그, 그건…… 제국의 마술이 특수한 것뿐 아닐까?"

"세라."

동요하는 학생들 앞에서 글렌은 의미심장한 눈으로 세라를 돌아보았다.

그러자 오랫동안 호흡을 맞춰온 파트너로서 바로 그의 의도를 눈치챘다.

"알았어, 글렌 군. 그럼 간단한 걸로 가볼게."

세라는 품속에서 오카리나를 꺼내 짧은 선율을 연주했다.

그러자 남원에 전해지는 바람의 정령 소환술이 발동하며 난쟁이 같은 모습을 한 바람의 저위 정령 — 이 남원 특유의 고유종 — 이 세라의 어깨에 가볍게 착지했다.

"그렇군. 그거라면…… 으음~."

세라가 연주한 선율을 집중해서 듣고 있던 글렌은 잠시 고개를 숙이고 생각에 잠겼다.

"좋아. 이거면 되겠군."

하지만 곧 생각이 정리된 듯 고개를 들고 학생들을 돌아보았다.

"일단 말해두지만, 난 너희들 같은 방식으로 정령술은 못 써. 정령의 존재를 못 느끼니까 의사소통도 불가능하거든. 하지만 말이다. 사역마를 소환하고 사역하는 마술을 이런 식으로 즉흥 개변하면…… 《내 앞에서 춤춰라·바람의 아이·장난꾸러기 요정》."

글렌이 정체를 알 수 없는 주문을 영창한 순간.

어디선가 바람이 불어오더니 세라가 소환한 것과 완전히 똑같은 저위 정령이 글렌의 어깨 위에 착지했다.

"""아앗?!"""

그 마술을 본 순간, 이번에야말로 학생들은 얼굴이 새파랗게 질려버릴 수밖에 없었다.

"저, 저 사람. 우리의 정령을 피리도 없이, 그것도 제국의 주문으로 불러냈어?!"

"거짓말! 말도 안 돼! 저 마술은 우리의 비전인데!"

"뭘 한 거지? 대체 어떻게?"

완전히 난리가 난 학생들 앞에서 글렌은 숨을 거칠게 몰아쉬며 입을 열었다.

"허억, 허억…… 억지로 재현한 거라 마력 효율이 최악이고 소비량도 장난 아니지만…… 어때? 조금 재밌어졌지? 그런고로 오늘은 이 【쇼크 볼트】 주문을 교재로 삼아서 나나 너희들이 당연한 것처럼 쓰고 있는 마술이라는 게 대체 무엇인지 가르쳐주마. 내 수업을 이해할 수 있다면, 뭐. 솔직히 당장은 어렵겠지만 너희들의 전통 마술 체계로도 비슷한 짓을 할 수 있게 될 거다. 아니, 애당초 그 좋은 예시가 바로 이 녀석이지. 너희들의 아이돌인 세라 공주님 말이다."

글렌이 엄지로 가리키자 학생들의 시선이 일제히 세라 쪽으로 집중되었다.

"세라는 본인이 사역하는 바람의 정령을 제국의 마술식을 써서 힘을 증폭시키거나 효과를 개변…… 정령술만으로는 불가능한 현상을 자유자재로 일으킬 수 있어. 이미 세계에서도 유일무이한 독자적인 마술 체계, 고유마술(오리지널)의 영역에 도달했다고 봐도 좋아. 그 덕분에 세라는 바람 마술로 한정하면 제국 제일…… 아니, 세계적으로 봐도 톱클래스의 풍술사지."

"세, 세라 공주님이……?"

"제국의 마술은 법칙을 중시해. 확실히 정령과의 직접적인 의사소통으로 마술을 발동하는 너희들의 눈에는 투박하게 보일지도 몰라. 하지만 그 대신 기능의 확장성과 효과의 재현성, 그리고 어떤 상황에서도 정해진 주문을 영창하면 반드시 발동하는 안정성은 다른 그 어떤 마술도 따라올 수 없어. 물론 이건 너희와 우리가 쓰는 마술의 우열을 가리려고 하는 말은 아니야."

"……."

"너희가 장래에 무엇을 목표로 삼았는지는 모르겠다만…… 이 정도면 제국의 마술도 배워둬서 손해 볼 건 없겠지? 뭐, 관심 없는 녀석은 잠이나 자든지."

크게 벌린 입을 다물지 못하는 학생들 앞에서 의기양양하게 웃은 글렌은 그대로 남원에서의 첫 수업을 시작했다.

물론 교실에서 잠을 잔 학생은 단 한 명도 없었다.

———.

수업이 끝난 후.

"글렌 군은 굉장하네."

교실을 나와 복도를 걷는 글렌 옆에서 세라가 신이 난 얼굴로 조잘거렸다.

"첫 수업에서 눈 깜짝할 사이에 학생들의 마음을 사로잡았잖아?"

"그래?"

"그렇다구."

글렌은 시치미를 뗐지만, 세라는 마치 자기 일처럼 기뻐했다.

"다들 수업이 끝나자마자 선생님! 선생님! 하면서 교탁 앞으로 몰려들었는걸. ……어느새 완전히 글렌 군을 존경하는 눈치였어."

"켁…… 마술의 기초를 가르친 것 정도로 홀랑 넘어오다니 단순한 녀석들. 저렇게 무방비하게 따르는 걸 보면 왠지 이쪽이 사기꾼이 된 것 같다고."

글렌도 말투는 거칠지만, 왠지 쑥스러워하는 눈치였다.

"예전부터 생각한 건데 글렌 군은 역시 마술을 엄청 좋아하는 거지?"

"……왜 그렇게 생각한 건데?"

"그야 학생들에게 마술을 가르칠 때의 표정이 엄청 즐거워 보였는걸. 그래서…… 후훗. 역시 글렌 군은 교사가 천직이야. 틀림없어."

"……."

하지만 글렌은 왠지 가슴이 답답해져서 입을 다물고 말았다.

그래. 자신은 마술을 좋아**했었다**.

어린 시절 『멜갈리우스의 마법사』라는 동화에 대한 동경.

어떤 「정의의 마법사」에 대한 동경.

그것이야말로 글렌의 기원이자 모든 것의 시작이었지만.

불현듯 찾아오는 이 위화감의 정체는 대체 무엇일까.

"난 그렇다 치고 넌 어때?"

그다음을 생각하는 것이 왠지 두려워진 글렌은 억지로 화제를 바꾸었다.

"어?"

"교사 일 말이야, 교사. 나만 떠드는 건 좀 그래서 도중에 몇 번인가 교대해서 설명했잖아? 넌 그때마다 전혀 못 알아먹을 이상한 얘기만 하던데, 애들 눈빛이 갑자기 공허해지는 거 못 봤어? ……시스도 어떻게 감싸줘야 좋을지 모르겠다는 표정이더라."

"으……."

"이러니까 감각파 천재라는 것들은……."

"으으으으으……."

글렌의 가차 없는 평가에 세라는 점점 풀이 죽었다.

"난 가르치는 데 재능이 없는 걸까……? 옛날부터 내가 익힌 걸 다른 사람에게 가르치고 이끄는 일을 동경해왔는데…… 역시 나하곤 맞지 않는 걸까?"

"그런 식으로 따지면…… 뭐, 그래도 맞는 편이겠지?"

세라의 표정이 너무 슬퍼보여서 글렌은 반사적으로 위로의 말을 건넸다.

"애들 돌보는 건 좋아하잖아? 교사에게 요구되는 건 아무래도 훌륭한 수업을 하는 것보다 먼저 그쪽일 테고 뭐, 가르치는 실력에 관한 건…… 앞으로 더 공부해야 하겠지만 말이야. 나랑 둘이서."

"……!"

"가르치는 방식이나 지식을 알기 쉽게 전달하는 건…… 내가 차차 가르쳐줄게. 남에게 뭔가를 가르치는 건 하나를 알면 열을 아는 너에겐 어려운 일일지도 모르지만…… 어차피 우린 앞으로 쭉 함께 있을 거잖아? 그러니 뭐, 느긋한 마음가짐으로……."

세라는 글렌이 말을 마치기도 전에 그의 팔을 끌어당기고 어깨에 얼굴을 기댔다.

그러자 밀착한 부위에서 서로의 체온이 직접적으로 느껴졌다.

"세, 세라……?"

"역시 난 글렌 군이 너무 좋아."

그리고 그런 낯 뜨거운 말을 자연스레 건넸다.

"……."

글렌이 뭐라 대답해야 좋을지 몰라 입을 다문 순간.

"……하다못해 남들 앞에선 꽁냥거리지 말아주시죠."

뒤에서 싸늘한 목소리가 꽂혔다.

세라가 황급히 몸을 떼고 뒤를 돌아보자, 그곳에는 어느 새 시스가 있었다.

여전히 퉁명스러운 표정이었지만, 어째선지 그녀의 눈빛에선 불안과 슬픔이 일렁이고 있었다.

"……뭐야. 또 너냐? 또 무슨 시비를 걸려고?"

슬슬 그녀의 생트집에 어울려주는 것도 귀찮아진 글렌이 짜증스럽게 투덜댔다.

"……아뇨. 더 이상 제 쪽에서 할 말은 아무것도 없어요."

여전히 적의가 느껴지는 목소리였지만, 내용은 정반대였다.

"당신은 분명…… 정말로 세라 언니에게 어울리는 사람이고…… 앞으로의 남원에 필요한 사람이겠죠. 당신이라면 분명 세라 언니를 행복하게 해줄 수 있을 거예요. 그런 사람을…… 남원을 수호하는 《바람의 전무녀》 후보인 제가 어떻게 할 권리가…… 있을 리 없잖아요."

"……응?"

글렌은 머리를 긁적이며 물었다.

"나에 대한 평가를 제법 냉정하게 하는 걸로 봐선 너…… 내가 외부인이라는 걸 문제 삼는 게 아니라, 세라가 결혼하는 것 자체가 싫은 건가? 혹시 세라가 결혼하면 무슨 곤란한 일이라도 있는 거야?"

"……."

시스는 침묵했지만, 그건 긍정하는 의미에서였다.

"고민이 있으면 들어줄게. 이래 봬도 난 이제 교사인 모양이니까."

"당신은…… 분명 이해 못 할 거예요."

씁쓸한 목소리로 말한 시스는 그대로 등을 돌려 뛰쳐나갔다.

세라는 걱정스러운 눈으로 그 뒷모습을 지켜보았다.

"미안, 글렌 군. 저래 보여도 사실 시스는 착한 애야. 정말 솔직하고 성실하고 상냥해서…… 저런 식으로 남한테 공격적인 태도를 보이는 애가 아니었는데……."

"나도 알아. 지금의 저 녀석이 본모습이 아니라는 것 정도는."

글렌은 세라의 머리에 가볍게 손을 얹었다.

"뭐, 저 녀석도 이젠 내 학생인 셈이고 저렇게 손이 가는 학생을 잘 이끌어주는 것도 교사의 역할인 거겠지. 언젠가 저 녀석이 진심으로 날 인정할 수 있도록 느긋하게 해볼게."

"후훗…… 힘내. 나도 옆에서 최대한 도와줄 테니까."

두 사람은 그렇게 미소를 주고받으며 다시 걸음을 옮겼다.

————.

실바스 일족의 젊은 천재.

다음 대 《바람의 전무녀》 후계자 시스 실바스.

그녀가 「실종」된 것은 그날 밤의 일이었다.

제4장 바람의 신

“시스 공주님은 찾았어?”

“……아니, 어디에도 안 계셔.”

“대체 어디로 가신 거지?”

“설마 납치당한 건……?”

어느새 밤의 장막이 드리워진 알리디아에서 횃불을 든 경비병들이 초조한 표정으로 시내를 쉴 새 없이 뛰어다니고 있었다.

실종된 대상이 왕족인 실바스의 일원.

그것도 다음 대 《바람의 전무녀》라는 중요 인물이다 보니 다들 필사적으로 찾고 있었지만, 현재까지 큰 성과는 없었다.

“진짜 사람 귀찮게 하는 공주님이구만.”

글렌도 제국의 마술인 사역마 소환이나 펜듈럼 다우징을 써서 시스의 행방을 쫓고 있었지만, 아무것도 잡히는 게 없었다.

“그건 그렇고 이렇게까지 단서가 없다니…… 정말로 대체 어디에 간 거지?”

"……미안하군, 글렌 군. 손님에게 이런 일을 돕게 해서."

글렌과 함께 시스를 찾고 있던 시라스가 미안한 표정으로 말했다.

"전 상관없습다, 시라스 씨. 시스는 세라의 사촌 동생…… 제 가족이잖아요? 정확히는 가족이 될 예정이지만요."

지면에 한쪽 무릎을 꿇은 글렌이 손에 든 다우징의 진자가 좌우로 흔들리는 것을 노려보며 대답했다.

"그럼 돕는 게 당연하죠. 가족이라는 건 그런 거잖아요? ……뭐, 슬프게도 아직 그 예비 가족한테 미움받고 있는 것 같지만 말입니다."

"……자네 같은 사내를 남편감으로 점찍은 내 딸의 안목이 자랑스럽군."

흡족하게 웃은 시라스는 곧 표정을 굳히며 사색에 잠겼다.

"그건 그렇고 이해할 수가 없군. 학교 기숙사에서도, 궁전 안에서도 시스가 나가는 모습을 본 자가 아무도 없다니…… 거기다 더 이해할 수 없는 건 시스의 말이 그대로 남아 있다는 걸세."

"그러게 말임다. 이 알리디아는 내륙의 외딴섬 같은 곳이라 여기서 어딘가로 가려면 말이 필수일 텐데 말이죠. 그렇다는 건 아직 시내에 있거나 혹은……."

"유괴됐거나."

글렌이 망설이는 것을 본 시라스는 오히려 거리낌 없이 발언했다.

"시스는 실바스의 일족이자 다음 대《바람의 전무녀》. ……이용가치라면 넘치고도 남을 테니까. 범인은 이 남원을 노리는 외국의 공작원이거나 혹은…… 인정하고 싶지는 않네만, 이 남원에서 우리 실바스 일족에게 반감을 품은 씨족일 수도 있겠군."

"가능성이야 얼마든지 있겠죠. ……저도 가능하면 그쪽을 고려하고 싶지는 않지만요."

절로 한숨이 나왔다.

"아무튼 지금은 시스 공주의 행방부터 찾아보죠."

글렌이 다우징을 정리해서 품속에 넣고 다음 수단을 고려한 순간.

"글렌 군! 아버지!"

초조함과 당혹스러움으로 안색이 세라가 숨을 헐떡이며 달려왔다.

"무슨 일이지? 세라."

"크, 큰일이에요! 보물고에서,《바람의 오카리나》가 사라졌어요!"

"……《바람의 오카리나》? 그게 뭔데?"

"우리 일족의 비보일세."

시라스는 씁쓸한 표정으로 설명했다.

"아득할 정도로 먼 옛날 《위대한 바람 일족(바일레 델 피벨)》이라는 자들이 있었네만, 그들은 《바람의 외투》, 《바람의 오카리나》, 《녹색 열쇠》라는 삼종 비보를 소유하고 있었다더군. 《바람의 오카리나》는 그 《바일레 델 피벨》에서 우리 실바스 일족이 분가할 때 하사받은 물건일세."

"어, 어째 대단할 것 같네요."

"그래, 대단하지. 우리가 숭배하는 「옛 바람의 신」의 힘을 《바람의 전무녀》가 자유자재로 제어하고 다루기 위한 도구인 동시에, 《바람의 전무녀》가 남원 최강의 전사로 거론되는 이유이기도 하지."

"컥…… 그거 까딱하면 고대 마법유물(아티팩트), 아니. 마왕유물(렐릭)급 아님까?"

그 「신」이라는 존재를 어떤 식으로 정의해야 할지는 모르겠지만, 세라와 시라스의 반응만 봐도 엄청난 물건임은 틀림없을 터.

"그렇다는 건…… 세라, 너도 그 《바람의 오카리나》를 쓸 수 있는 거야?"

"응. ……우리 일족, 나아가서는 이 남원을 수호하는 비보라서 남원 밖으로는 가져갈 수 없지만. 난 쓸 수 있어."

"……하긴, 그렇겠지."

'그런 중요한 물건이라면 남원이 멸망하지라도 않는 한 외

부로 반출하는 건 불가능할 테니까.'

어째선지 갑자기 그런 생각이 들었다.

"흐음, 그렇다면…… 정황상 범인은 시스라고 생각하는 게 가장 자연스럽겠군. 보물고 안에 들어갈 수 있는 건 우리 혈족들뿐이니…… 설마?"

"아, 아버지?"

"뭔가 짚이는 데가 있으신 겁까?"

세라와 글렌이 의문을 표하자 시라스는 씁쓸한 표정으로 입을 열었다.

"시스가 다음 대 바람의 전무녀라는 건 알고 있나?"

"아, 예. 뭐, 몇 번이나 들었으니까요."

"시스는 온갖 분야에서 뛰어난 재능을 보인 인재일세. 역대 최고의 《바람의 전무녀》라고 불리는 세라와 비교해도 손색이 없을 정도네만, 사실 한 가지 문제가 있었네. ……그건 아직도 바람의 신의 목소리를 듣지 못했다는 거지."

"예에?! 세상에! 걔, 아직이었어요?!"

"신의 목소리……?"

경악하는 세라와 반대로 글렌이 어리둥절한 반응을 보이자 시라스는 답답한 얼굴로 입을 열었다.

"제국인인 자네는 믿기 어려울지도 모르지만, 이 남원의 땅에는 실제로 「신」이 존재한다네. 종교에서 신앙하는 대상으로서의 개념적인 신이 아니라 진정한 폭력의 화신이었던 「신」이."

“원래 우리는 그런 「신」을 관리하는 고대 신관 가문의 후예였다고 해.”

세라가 설명을 보충하자 시라스는 고개를 끄덕였다.

“실바스 일족에게서 태어난 여성은 선천적으로 「신」의 목소리를 듣는 능력을 타고난다네. 아니, 오히려 그 능력이야말로 《바람의 전무녀》가 되기 위한 자격이라 볼 수 있겠지만, 어찌 된 영문인지 시스는 아직 그 목소리를 듣지 못한 모양이더군. 세라가 같은 나이였을 땐 자연스럽게 들렸다고 하는데 말이지.”

“그, 그랬군요.”

“사실 말이 자격이지…… 난 거기에 얽매일 필요는 없다고 생각한다네. 애당초 일족 중에서도 「신」의 목소리를 들을 수 있는 자의 수가 매년 감소하고 있는 것만 봐도 머지않은 장래에 우리가 「신」의 힘을 완전히 잃게 되는 건 이미 기정사실이니까. 하물며 그 점을 감안해도 시스는 우수한 아이일세. 장래에 우리 남원의 발전에 큰 기여를 해줄 인재라는 건 의심할 여지가 없어. ……하지만 본인은 신을 목소리를 못 듣는다는 사실에 큰 부담감을 느낀 모양이더군. 워낙 고지식하고 책임감이 강해 융통성이 없는 아이였던 만큼 더더욱.”

“…….”

글렌은 그제야 시스가 자신에게 그토록 적대적이었던 이유를 어느 정도 이해할 수 있었다.

"그래서, 시라스 씨. 시스가 어디로 갔는지 짚이는 데가 있으신 거죠?"

"아마 여기서 남쪽…… 옛 바람의 신이 살고 있다는 영봉 카다스 산맥으로 간 거겠지. 말을 타고는 절대로 입산할 수 없는 곳이니 틀림없을 걸세."

"그럴 수가!"

시라스의 예상을 들은 세라가 창백한 안색으로 외쳤다.

"걔, 설마 《바람의 오카리나》를 써서 신을 억지로 사역하려는 거야?! 자기가 《바람의 전무녀》가 될 자격이 있다는 걸 모두에게 증명하려고? 아, 아직 목소리도 못 듣는데? 무모한 것도 정도가 있지!"

"난 잘 모르겠는데, 혹시 위험한 거야?"

"당연히 위험하지!"

세라는 불안한 얼굴로 글렌에게 매달렸다.

"애초에 우리의 신은 인간의 편이 아니야! 무색의 폭력이자 순수한 힘 그 자체라구! 글렌 군은 그게 뭐가 신이냐고 생각하겠지만, 아무튼 그래! 그런데 그걸 목소리도 듣지 못하는 상태에서 강제로 사역하려고 들었다간…… 틀림없이 폭주할 거라구!"

"큰일이구만."

당장에라도 울음을 터트릴 것 같은 세라의 표정을 보면 이건 한 치의 거짓도 없는 사실일 터.

"어, 어쩌지? 글렌 군!"

"진정해. 그 녀석은 말도 안 탔잖아? 아직 그리 멀리 간 건……."

"아니, 저래 봬도 시스는 세라에 필적하는 소질을 가진 풍술사일세. 바람 정령의 힘을 쓰면 맨몸으로도 말처럼 빠르게 이동할 수 있지. 하지만 우리, 라기 보다 남원의 풍술사 대부분은 그 정도 속도를 낼 수 없네. 지금부터 움직여도 따라잡는 건 어렵겠지."

"그, 그럴 수가……."

세라는 절망에 잠겨 몸을 떨었지만.

"그럼 제가 시스를 찾아서 데려올게요! 제 바람 마술이라면 틀림없이 따라잡을 수 있을 거예요!"

이윽고 빠르게 등을 돌려 움직이려 했다.

"야, 잠깐 기다려 봐."

글렌은 반사적으로 손을 뻗어 세라의 손을 움켜잡았다.

"아얏! 왜 막는 건데! 서두르지 않으면 시스가……!"

"바보야 막긴 누가 막아. 갈 거면 당연히 같이 가야지."

"……어?"

세라가 눈을 크게 뜨고 놀라자, 글렌은 과장스럽게 슬픈 척을 했다.

"아아~ 슬프구만. 장래를 약속한 여자가 설마 이런 비상사태에 누구보다 가장 먼저 날 떠올려주지 않을 줄이야……."

"저기…… 혹시 글렌 군. 진심이야? 그치만, 위험하다구? 애초에 카다스 산맥은 위험한 곳인데……."

"혹시고 자시고 진심인 게 당연하잖아! 신부를 혼자 그런 위험한 곳으로 보내는 남자가 세상에 어디 있겠어!"

글렌은 어처구니가 없어서 한숨만 나왔다.

"다행히도 네 《질풍각(슈투름)》에 동승하는 건 익숙해. 다른 놈들은 무리겠지만, 나 혼자라면 네 초고속 이동에 방해는 되지 않아. 효율과 남은 시간을 고려해도 나랑 둘이서 쫓는 게 맞다고. 안 그래?"

"글렌 군……."

세라가 왠지 감동한 눈빛을 보냈고, 그런 둘의 모습을 잠시 지켜보던 시라스가 갑자기 고개를 숙였다.

"확실히 여기선 글렌 군과 세라, 둘에게 맡기는 게 가장 합리적인 판단이겠지. 물론 우리도 서둘러 움직일 준비를 하고 가능한 일은 전부 할 생각이지만…… 손님인 자네에게 이런 일을 맡기게 돼서 미안하네, 글렌 군. 부디 시스와 세라를 잘 부탁하네."

"예, 걱정하지 마십쇼. 시라스 씨. 따지고 보면 시스도 제 학생이잖습까. 이런 무모한 짓을 저지른 학생에게 교사로서 벌을 주기 위해서라도 꼭 무사히 데려올 테니까요."

자신 있게 웃어 보인 글렌은 세라와 함께 알리디아에 남쪽에 있다고 하는 신의 영봉으로 향했다.

————.

세라의 손을 잡은 글렌은 그녀가 전신에 두른 《슈투름》을 타고 크게 도약하며 저공비행을 반복하고 있었다.

한 번 뛸 때마다 언덕을, 돌산을, 고개를 넘는 무시무시한 기세로 날아간다.

평소의 차분한 모습에서는 상상도 할 수 없을 정도로 거친 폭풍을 완벽히 제어하고 있는 세라는 역시 《바람의 전무녀》— 남원 알디아가 자랑하는 최강의 풍술사다웠다.

하지만 이런 상황에서도 글렌은 소중한 사람을 위해 곁눈질도 하지 않고 날아가는 그녀의 옆모습이 무척 아름답다는 생각이 들었다.

그렇게 바람 같은 속도로 남쪽으로 이동하고 있자 어느덧 주위의 풍경이 바뀌었다.

초원의 풍경이 사라지고 풀과 나무보다 바위가 더 많이 눈에 띄는 으스스한 분위기의 산기슭에 도착한 것이다.

"여기가 카다스 산의 입구야!"

세라는 바람을 두른 채로 글렌과 함께 땅에 착지하며 외쳤다.

무사히 착지한 글렌이 고개를 들자, 확실히 눈앞에는 마치 산이 자신을 둘러싼 것처럼 높이 솟아 있었다.

카다스 산은 이 산맥 일대에서도 가장 표고가 높은 산이다.

정상에서 부는 거친 바람과 암운이 드리워진 잿빛 하늘 아래에 있는 그 거대한 모습은 보는 이에게 강렬한 시각적 압박감과 함께 신이 살고 있는 산이라는 말에 절로 납득이 가게 하는 존재감을 자랑했다.

"그래서! 그 응석꾸러기 공주님은 지금 어디쯤 있는 거야!"

바람이 워낙 강해서 글렌은 거의 고함을 지르듯 외쳤다.

"아마도! 카다스 산 정상! 거기에 바람의 신을 모시는 유적과 제단이 있어!"

"그래? 그럼 부탁할게! 마력에 여유는?"

"문제없어! 단숨에 갈게!"

세라가 말하는 동시에 다리에 힘을 모으자, 주위에 바람이 폭풍처럼 회전하기 시작했다.

"《슈투름》! 하아아아아아아아앗!"

그리고 흑마【래피드 스트림】을 다시 발동하며 도약한 순간, 두 사람의 몸이 무시무시한 기세로 산 정상을 향해 날아갔다.

"우오오오오오오오오?!"

단숨에 가까워지는 하늘과 멀어지는 땅.

글렌은 강렬한 부유감과 중력의 저항감을 느끼며 세라에게 방해가 되지 않도록 몸을 움직였다.

────.

몇 번이고 《슈투름》을 반복해서 일반적인 등산 속도라면 며칠은 걸릴 거리를 10분도 채 되지 않아 주파한 둘은 마침내 정상에 도착했다.

"하아, 하아……."

"괘, 괜찮아? 세라."

"나, 난 괜찮아. 콜록! 콜록!"

말은 그렇게 하지만, 세라는 창백하게 질린 얼굴로 식은땀을 흘리고 있었다.

아무리 괴물 같은 양의 마력을 가진 그녀라고 해도 장시간 동안 《슈투름》을 연속으로 썼으니 그야 마력이 바닥나는 게 당연했다.

애당초 《슈투름》은 장거리 이동에 적합한 마술이 아니다.

따지고 보면 이건 전속력으로 장거리 경주를 뛴 것이나 다름없는 행위였다.

"나, 나보다…… 시스는?!"

세라의 재촉에 글렌은 주위를 살폈다.

카다스 산 정상은 평평하고 넓은 공간으로 이루어져 있었다. 하지만 사방에서 폭풍이 마구잡이로 불고 있어서 잠깐 방심하면 그대로 휩쓸려 날아갈지도 몰랐다.

그 정상 중심부에는 제국 각지에서 흔히 보이는 타입의 유적인 스톤 서클이 있었다.

거대한 직사각형 돌기둥을 원형으로 줄지어 세우고 그 위에 마치 다리처럼 거대한 석판을 쌓은 기묘한 형태의 유적이다. 아무래도 마술적인 힘으로 고정되어 있는 것인지 지은 지 수천 년은 지났을 텐데도 이런 폭풍 속에서 완벽한 원형을 유지하고 있었다.

그 구조가 너무나도 복잡기괴한 탓에 여전히 현대인의 시점에서는 고대인들이 대체 무슨 의도로 만든 건지 도무지 이해할 수 없는 유적이다.

심지어 이 스톤 서클은 지금까지 본 것 중에서도 최대급 규모라 글렌과 세라의 위치에서도 전모를 파악할 수 없을 정도였다.

"이거 원…… 하얀 고양이가 봤으면 아주 난리가 났겠군."

"하얀 고양이? 고양이가 왜?"

"응? 어라? 혹시 내가 방금 고양이라고 했어? 뭐, 말이 헛나온 거겠지."

세라가 눈을 깜빡거렸지만, 글렌은 개의치 않고 걸음을 옮겼다.

돌기둥 사이를 지나 안으로 들어가자, 중앙에는 제단과

소녀의 모습이 있었다.

그녀는 제단 앞에서 무릎을 꿇고 마치 하늘을 향해 기도하는 것처럼 손을 맞잡고 있었다.

"찾았다!"

"시스!"

글렌과 세라는 서둘러 시스를 향해 달려갔다.

파앗!

"푸헙?! 뭐, 뭐야 이 바람은! 이래선 다가갈 수가 없잖아!"

그러자 마침 맹렬한 바람이 불어오는 바람에 글렌은 멈춰 설 수밖에 없었다.

갑자기 발생한 불규칙적인 바람 때문에 글렌과 세라는 현재 위치에서 한 걸음도 나아갈 수 없게 되었다.

억지로 나아가려고 하면 그대로 바람에 휩쓸려 산 너머로 튕겨 날아가게 될 터.

하지만 시스와 거리가 가까워진 덕분에 알게 된 것도 있었다.

지금까진 거친 바람 소리 때문에 들을 수 없었지만, 아름다운 선율이 그 바람을 타고 희미하게 울려 퍼지고 있었음을.

그것의 정체는 바로 오키리나 소리였다.

자세히 보니 시스는 하늘을 향해 기도하는 것이 아니라 오카리나 연주에 집중하고 있었던 것이다.

“……《바람의 오카리나》!”

그 오카리나를 본 세라가 무심코 외쳤다.

“멈춰, 시스! 그건 너한테 아직 일러!”

시스는 그제야 두 사람의 존재를 인식했는지 연주를 멈추었다.

그리고 천천히 일어나더니 《바람의 오카리나》를 가슴에 품고 고개를 돌렸다.

“세라 언니…….”

“시스! 대체 왜? 왜 이런 무모한 짓을!”

“죄송해요…….”

세라가 애타게 외치자, 시스는 서글프게 눈을 내리깔며 미안한 표정을 지었다.

“세라 언니. 언니 뒤를 이어서 《바람이 전무녀》가 돼야 하는 전…… 사실 될 수가 없었어요. 재능이, 조금도 없었는걸요.”

“그, 그건…….”

“시라스 숙부님께 들으셨군요…….”

세라가 말을 어물거리자 시스의 눈가에 눈물이 맺혔다.

“그래요. 전 바람의 신의 목소리가 들리지 않았어요. 세라 언니나 사라 님께는 어릴 적부터 당연하게 들렸다는 목소리가…… 태어나서 이날 이때까지 단 한 번도 들리지 않았어요. 정말로 열심히, 최선을 다해 노력해왔는데도…… 결국 무리였어요. 처음부터 저에겐 《바람의 전무녀》가 될 자격이 없었던 거겠죠."

"……."

"하지만 세라 언니는 이제 곧 결혼해버릴 거잖아요? 그리고 《바람의 전무녀》로서의 힘을 잃겠죠. 신의 힘을 다룰 수 있는 건 순결한 처녀뿐이니까요. 그런데도 언니의 뒤를 이어야 할 제가 이런 꼬락서니라니……. 이대로라면 남원은 《바람의 전무녀》를 잃게 될 거예요! 바람의 신의 가호를!"

세라는 시스의 절박한 기세에 눌려 아무 말도 할 수 없었다.

"제가 《바람의 전무녀》를 계승할 수 없으면 세라 언니의 결혼을 반대하는 사람이 나올지도 몰라요. 뿐만 아니라 《바람의 전무녀》는 남원 최강의 전사…… 그 존재가 억지력이 된 덕분에 지금까진 남원에 아무도 함부로 마수를 뻗치지 못했던 거잖아요? 늘 호시탐탐 이 땅을 노리던 레자리아 왕국도요! 그러니 이 남원에는 《바람의 전무녀》가 반드시 필요하다구요! ……전 세라 언니가 행복해졌으면 좋겠어요! 그러니 무슨 수를 써서라도 전 《바람의 전무녀》가 돼야 해요! 제 목숨과 바꿔서라도!"

"……시스. 너, 설마?"

시스는 결의가 깃든 비장한 눈으로 세라를 쳐다보았다.

"예! 전 이미 각오했어요! 오늘 여기서 바람의 신의 힘을 제어해내기로! 설령 목소리가 들리지 않더라도…… 신의 힘 정도는 제어해내겠어요! 저 역시 실바스 일족이라구요! 제가 세라 언니의 뒤를 이어서 진정한 《바람의 전무녀》가 되겠어요! 세라 언니와 모두가 안심하고 지낼 수 있도록! 남원 알디아의 미래를 위해! 그래서……!"

각오를 다진 시스는 다시 《바람의 오카리나》에 입을 가져다댔다.

"야, 기다려! 이 바보가!"

"시스! 제발 멈춰!"

그리고 글렌과 세라가 말리는 것도 듣지 않고 《바람의 오카리나》를 연주하자, 선율이 이 시끄러운 바람 속에서 신기할 정도로 선명하게 들리기 시작했다.

—《그대, 시간을 넘나드는 광기와 폭위. 바람으로 영겁을 가르는 자》.

—《그대를 섬기는 옛 신관의 계보 실바스의 바람의 전무녀가 여기에 바라노라》.

—《Iya, Ithaqua》.

주문영창(스펠링)이 아니라 오카리나가 자아내는 선율임에도 어째선지 의미를 알 수 있었다.

그리고 시간상으로는 찰나였음에도 마치 시간의 흐름이 어긋난 것처럼 느릿하게 들린 다음 순간.

폭음이 세상을 지배했다.

"우왓?! 뭐, 뭐야!"

"시스!"

더 사납고 거칠게 바람이 휘몰아치는 세상의 중심에는 시스가 있었다.

그리고 글렌과 세라의 눈에는 보였다.

허공의 끝에서 내려온 것. 형언할 수 없는『위대한 존재』.

수 없이 많은 바람을 거느리고 시간과 공간을 넘어 미래영겁 삼천세계를 넘나드는 강대한 신성.

이 세계에 존재하는 모든 생물과 마수의 형태와 티끌만큼도 일치하지 않는, 보기만 해도 이성을 붕괴시키는 그 모습.

거대하고 끔찍한 두 손을 날개처럼 펼친 모습의「그림자」가 시스의 뒤에서 공간을 찢고 이 세계를 강제로 침식한 것이다.

그리고 그것은 곧 시스라는 존재와 겹쳐졌다.

시스를 빙의체로 삼아 현세에 강림하려 한다.

그 신성의 이름은— 바람을 다스리는 여왕《풍신 이타콰》.

인간이 결코 알아서는 안 되는 이름. 이해해서는 안 되는 존재였다.

"으, 으아아아아아아! 뭐, 뭐야 저건?!"

"그, 글렌 군! 정신 똑바로 차려! 너무 오래 직시하면 안 돼! 평범한 인간은 보기만 해도 정신이 이상해질 거야!"

너무나도 격이 다름 존재감과 폭력적으로 방출되는 끔찍

한 신성에 노출되어 소스라치게 몸을 떠는 글렌을 세라가 필사적으로 끌어안았다.

한편, 지금 당장에라도 이 세상을 멸망시키려는 듯한 기세로 신이 내뿜는 폭풍 속에서.

"……해냈어. 성공이야!"

당사자인 시스는 환희에 잠겼다.

"시스!"

"성공이에요! 성공했다구요! 세라 언니! 제가 바람의 신을…… 이타콰를 지배했어요! 이걸로 세라 언니의 뒤를 이어 진정한 《바람의 전무녀》가 될 수 있어요! 남원의 모두를, 이 알디아를 지, 지킬 수 있어, 요! 세라 언니를, 모두를 행복하게…… 행복하게…… 행복…… 행복하……."

하지만 점점 상태가 이상해졌다.

몸이 조금씩 떨리며 눈빛이 공허해졌다.

"해, 앵, 보, 오, 옥, 하, 아, 아아아아아아아아아아아아아아아아아아아아아아악?!"

이윽고 머리를 끌어안고 고통스럽게 절규했다.

"머, 멈, 멈춰어어어어어어어어어어어어어! 나, 내 몸을 빼앗지 마! 먹어치우지 마! 아아아아아아아아아아아아아아아아아악!"

시스의 뒤에 서 있는 「그림자」가 조금씩 그녀의 존재를 침식하며 동화되고 있었다.

시스라는 존재가 허공에 뚫린 심원의 구멍처럼 새카맣게 물들기 시작했다.

"뭐, 뭐야! 대체 무슨 일이 일어난 거지?"

"자신에게 신을 강림시켰지만, 오히려 육체를 빼앗긴 거야! 제어에 완전히 실패했어! 역시 시스에겐 적성이 없었던 거야!"

당황하는 글렌에게 세라가 절망적인 목소리로 대답했다.

"그, 그럼 어떻게 되는데?"

"적성이 없는 인간의 왜소한 그릇에 외우주의 신이라는 거대한 존재가 오롯이 깃들 리 없어! 이대로 두면 시스는 육체와 정신이 완전히 터져 버릴 거야!"

"예상했던 대로 위험한 상태잖아! 어쩌면 좋지?"

"이 세계와 저 신을 잇고 있는 건 《바람의 오카리나》야! 아직 강림이 불완전한 이 틈에 저걸 파괴하면……!"

자세히 보니 시스는 머리를 끌어안고 주저앉은 자세로 《바람의 오카리나》를 손에 쥐고 있었다. 그림자처럼 새카매진 그녀의 몸에서 그 부분만이 색채를 띠고 있었다.

"남원의 비보라지만, 어쩔 수 없나!"

시스를 향해 한 걸음 나선 순간, 싸늘한 죽음의 기운이 글렌을 엄습했다.

'시, 시스의 주위에서 부는 바람…… 저건 위험해. 한 발짝

더 걸었으면 다진 고기처럼 됐을 거야. 접근하는 건 불가능해!'

저건 이미 바람이 아닌 믹서기였다.

헤아릴 수 없이 많은 물리적인 칼날이 시스의 주위에서 휘몰아치고 있었다.

"큭! 그렇다면!"

글렌은 군에 있을 때 애용했던 마총《페네트레이터》를 뽑아서 겨누었다.

"글렌 군?!"

"괜찮아. 이 거리라면 빗나갈 리 없어!"

왼쪽 손등으로 총신을 고정하고 신중하게《바람의 오카리나》를 겨냥했다.

"빗나갈 리…… 없는데!"

글렌은 이를 악물고 자신과 시스 사이에서 부는 바람을 노려보았다.

이마에 비지땀이 송골송골 맺혔다.

'……틀렸어! 바람의 움직임이 너무 불규칙해서 읽을 수가 없어!《페네트레이터》로는 절대로 못 맞춰! 최악의 경우, 시스에게 맞을지도……!'

바로 코앞인데도 아무리 생각해도《바람의 오카리나》에 명중하는 이미지가 떠오르지 않았다.

"……제길!"

글렌이 다시 총을 허리 뒤에 꽂고 이를 악문 순간.

—《페네트레이터》로 해결할 수 있는 상황이 아니잖아. 조금은 진심이 돼보라고.

어느새 자신의 옆에 또 다른 **글렌이 서 있었다.**

그는 어디선가 본 듯한 낡은 망토를 두른 채 시스를 똑바로 응시하고 있었다.

"글렌 군! 갑자기 왜……."

"……?!"

세라의 말에 정신을 차리고 보니 또 다른 글렌은 이미 어디론가 사라져 있었다.

"미안, 아무것도 아냐! 《페네트레이터》로는 좀 어려울 것 같아서! 하지만 안심해! 세라! 나한테는…… 이게 있으니까!"

그렇게 말한 글렌은 다른 총을 꺼냈다. 고풍스러운 플린트락 피스톨이었다.

"마총《퀸 킬러》! 탄환의 궤도를 완벽하게 조작할 수 있는 이 총이라면!"

"……글렌 군. 그 총은 뭐야?"

자신만만하게 선언하며 다시 총을 겨누었지만, 돌아온 것은 의아해하는 세라의 목소리였다.

"……난 처음 보는 것 같은데, 어디서 얻은 거야? 아니, 애초에 그 총…… 지금 어디서 꺼낸 건데?"

"……."

글렌은 자기도 모르게 입을 다물었다.

그렇다. 세라의 의문은 지당했다.

왜냐하면 이건 이 세계에서는 글렌이 아직 손에 넣지 못한 총이었기 때문이다.

그러나 **그건 깊이 생각해서는 안 되는 일이었다**.

"지금은 시스를 구하는 게 먼저라고! 가라! 《퀸 킬러》!"

글렌은 그 모든 의문에 빗장을 걸어잠그듯 플린트락 피스톤의 방아쇠를 당겼다.

그러자 마치 소형 대포를 쏜 듯한 작렬음과 함께 총구에서 마력으로 연성된 대구경 탄환이 무시무시한 기세로 배출되었다.

그 탄환은 글렌이 이미지한 궤도를 타고 날아갔지만, 시스의 주위에서 휘몰아치는 바람에 닿은 순간 먼지처럼 분쇄되고 말았다.

"이, 이것도 안 통한다고……?"

상상을 뛰어넘는 바람의 위력에 글렌은 아연실색할 수밖에 없었다.

《퀸 킬러》가 통하지 않는 걸로 봐선 글렌이 쓸 수 있는 군용 어설트 스펠도 비슷한 결과로 끝날 터.

흑마 개량형 【익스팅션 레이】라면 통할지도 모르지만, 그걸 썼다간 시스까지 한꺼번에 날려버릴 테니 의미가 없었다.

"젠장! 대체 어떻게 해야……!"

어느새 궁지에 몰린 글렌이 이를 악문 순간.

"기……."

계속 고통스러워하던 시스가 갑자기 꼭두각시 인형처럼 부자연스럽게 움직이기 시작했다. 어둠 속에서 요사스럽게 벌어진 눈빛은 누가 봐도 제정신이 아니었다.

그런 시스가 글렌과 세라를 향해 왼손을 슬쩍 든 순간.

서걱!

거대한 바람의 칼날이 산꼭대기를 쪼갰다.

"글렌 군!"

"……으헉?!"

글렌을 껴안은 세라가 반사적으로 《슈투름》을 써서 이탈하지 않았다면 그대로 말려들었으리라.

"뭐, 뭐야! 왜 우리를 공격하는 거지?!"

"아, 아마…… 시스의 몸을 뺏은 신이 우릴 적으로 인식했나 봐!"

"기, 기기……!"

그 말을 증명하듯 시스가 둘을 향해 양팔을 내밀었다.

"물러나! 글렌 군!"

세라가 빠르게 자신의 오카리나를 꺼내서 분 순간.

바람과 바람이 세상을 뒤흔들었다.

시스가 날린 바람과 세라가 날린 바람이 정면에서 충돌한 것이다.

"우와아아아아아아아아아앗!"

조금 전까지 불던 거친 바람이 흡사 봄바람처럼 느껴질 정도로 주위를 지배한 폭풍의 위력이 급상승했다.

정면 대결로 신의 바람을 이길 수 있을 리 없으니 세라가 기교를 부려서 흘려낸 것이다.

그러자 목표를 잃고 사방으로 퍼진 날카로운 바람이 저 멀리 떨어진 산들을 마구잡이로 난도질하며 파괴했다.

완전히 상식을 벗어난, 마치 세상의 종말 같은 광경.

"세, 세라!"

"여, 여긴…… 나한테 맡겨!"

시스가 계속해서 바람을 날리자 세라는 필사적으로 바람을 조작해서 흘려냈다.

진감하는 대기와 대지.

마치 세상이 거대한 믹서기 안에 들어간 듯한 비현실적인 광경이었다.

'대단해! 세라 녀석, 이 정도였어?!'

글렌은 풍압 속에서 필사적으로 눈에 힘을 주고 전투를 지켜보았다.

'하지만…… 이대로는 위험해! 세라, 넌 이미……!'

"읍?! 콜록! 쿨럭!"

그런 글렌의 우려를 증명하듯 세라가 격렬하게 기침을 하다 피를 토했다.

'역시! 넌 여기까지 날아오느라 마력이 다 떨어졌어! 그런데도 이런 터무니없는 마술을 계속 써대다간 네가 먼저 죽는다고!'

그 순간, 맹렬한 초조함이 글렌을 엄습했다.

또 잃을 거냐?

불현듯 마음속에 떠오른 말.

—나, 이제 틀렸나 봐.

힘없이 쓰러져 있는 세라가 간신히 입술만 움직여서 말을 전하는 영상.

'뭐야, 내가 지금 대체 뭘 본 거지? 아니, 그런 건 아무래도 좋아! 어쩌면 좋지? 내가 대체 뭘 어떻게 해야……'

조바심에 등을 떠밀려서 필사적으로 고민한 순간.

—그야 뻔하지. 너, 인마. 언제쯤 돼야 정신 차릴래?

넝마 같은 기묘한 망토를 걸친 또 다른 글렌이 어느새 또 옆에 서 있었다.

"……넌?!"

—《퀸 킬러》…… 착안점은 좋지만, 저런 외우주의 사신들을 상대로 쓰기엔 조금 부족해. 이건 너도 이미 알고 있는 사실이잖아?

또 다른 글렌은 왠지 어이가 없는 표정이었다.

그의 정체가 무엇인지는 아직 알 수 없었다.

아니, **알고 싶지 않았다.**

"그럼 나한테 어쩌라는 거야! 빌어먹을!"

하지만 시스와 자신을 지키기 위해 필사적으로 싸우는 세라의 등을 보고는 그렇게 외칠 수밖에 없었다.

—그러니까…… 슬슬 정신 좀 차리라고.

반면, 또 다른 글렌은 더더욱 기막혀 했다.

—지금의 넌 **그게** 있잖아?

"……!"

그래. **그게** 있었다.

아니, 물론 **처음부터 알고 있었다.**

하지만 동시에 **알고 싶지 않았다.**

"야, 너……!"

어느새 또 다른 글렌은 이미 어디에도 없었다.

"큭……!"

한동안 망설이듯 입을 굳게 다물었던 글렌은 곧 뭔가를 결심한 표정으로 고개를 들었다.

그리고 거친 폭풍 속에서 똑바른 걸음걸이로 나아가 세라 옆에 섰다.

"글렌 군?!"

세라가 기겁하며 외쳤다.

"여, 여긴 위험해! 물러나 있어!"

"아니, 이제 괜찮아."

하지만 글렌은 차분한 목소리로 대답했다.

"미안, 세라. 뒷일은 내게 맡겨줘."

그리고 왼손을 앞으로 내밀며 집중한 순간.

파앗!

왼손에서 눈부신 빛이 터지더니 무언가가 신기루처럼 손바닥 위에 구현되었다.

붉은 마정석이었다.

"그, 글렌 군?! 그건 대체……."

"글쎄, 뭘까?"

그렇게 중얼거린 글렌은 작은 목소리로 뭔가 주문을 영창했다.

"……시천신비(時天神秘)【OVER CHRONO ACCEL】."

다음 순간, 세상이 바뀌었다.

글렌이 내민 왼손을 중심으로 세계가 변혁을 이루었다.

거대한 시계 같은 마술법진이 무한한 하늘 저편까지 펼쳐지며 이 세계의 법칙을 지배하고 덧칠했다.

세상 모든 것이 색채를 잃고 회색으로 물든다.

바람이 멎는다.

시간이 멈춘다.

"에엑?!"

"거참, 무리하기는……."

그 이해할 수 없는 현상에 세라가 놀라서 눈을 깜빡거리는 한편, 글렌은 시간이 멈춰서 굳어버린 시스를 향해 느긋한 걸음을 옮겼다.

"……《0의 전심(세트)》."

그리고 시스의 앞에 서서 마총《페네트레이터》를 뽑더니.

그녀에게 맞지 않도록 신중히 《바람의 오카리나》를 조준해.

방아쇠를 당겼다.

단 한 발의 총성. 그것이 바로.

남원을 멸망시킬 뻔했던 이 사태에 강제로 막을 내린 종소리가 되었다.

―――――.

"……으, 응?"

위를 향해 누워있던 시스가 서서히 의식을 되찾았다.

"어, 어라? 나……."

"……시스!"

다음 순간, 그런 시스의 상세를 살피고 있던 세라가 그녀의 몸을 껴안았다.

"정말이지! 바보! 바보바보바보! 왜 이런 무모한 짓을 한 거니!"

"세라 언니…… 저, 저한테 무슨 일이 일어났던 건가요?"

"바람의 신에게 몸을 뺏길 뻔했어! 하마터면 정말로 돌이킬 수 없는 일이 될 뻔했다구!"

세라가 드물게도 목소리에서 노기를 드러냈다.

"그랬군요……. 역시 제가…… 죄송해요."

시스는 슬픈 눈으로 시선을 내리깔며 사죄했다.

"응……? 그런데 왜 제가 무사한 거죠?"

하지만 곧 떠오른 의문을 입에 담았다.

"글렌 군이…… 구해줬거든."

"……!"

세라의 대답을 들은 시스가 시선을 움직였다.

"여, 정신이 들어? 시스 공주님."

그 앞에는 왠지 어이가 없는 표정의 글렌이 서 있었고, 세라에게 안겨 있는 시스의 얼굴을 들여다보고 있었다.

"나 원, 앞으론 이런 본인이 감당할 수 없는 짓은 무턱대고 저지르지 마라?"

글렌은 시스에게 《바람의 오카리나》를 던졌다. 놀랍게도 흠집 하나 없었다.

글렌의 마탄이 꿰뚫은 것은 《바람의 오카리나》를 매개로 시스의 몸을 빼앗으려 했던 외우주의 사신이 드리운 「그림자」였기 때문이다.

"다, 당신이 날……? 말도 안 돼. 폭주한 신의 힘을 당신이……?"

《바람의 오카리나》를 받은 시스가 놀라서 눈을 크게 떴다.

"으응……. 듣고 보니…… 어렴풋하게 기억나. 당신이 뭔가 굉장한 힘을 써서 날 구해줬다는 건……."

하지만 바로 시선을 피하며 혼잣말처럼 중얼거렸다.

"당신은 정말로 대단한 사람이었네. ……그런데도 난 열등감에 사로잡혀서 괜한 화풀이나 하고…… 진짜 바보 같아."

"그만큼 네가 세라를 좋아하고, 남원이 소중했고, 자신의 사명에 진지했던 거잖아? 난 신경 안 써. 그러니 너도 신경 쓰지 마라."

"……."

"미안해, 시스……."

시스가 고개를 떨구며 입을 다물자, 세라는 그런 그녀의 머리를 살짝 쓰다듬어주었다.

"왜…… 세라 언니가 사과하는 건가요."

"난 사랑하는 사람과 맺어질 수 있어서 계속 들떠 있었어. 그래서 무의식적으로 널 궁지에 몰아넣고 있었어. 네 고민을 알아주지 못했어. ……정말 미안해."

"아, 아니에요! 언니!"

시스는 당황한 듯 큰 목소리로 세라의 말을 부정했다.

"언니는 《바람의 전무녀》로서 줄곧 이 땅에 헌신해 왔잖아요! 줄곧 그 무거운 책임을 견뎌왔잖아요! 그러니 언니는 행복해질 권리가 있어요! 문제는 저…… 언니의 뒤를 똑바로 계승할 수 없는 저라구요! 그러니……!"

"……너무 성급했어, 너."

그러자 한쪽 무릎을 꿇어 시스와 시선을 맞춘 글렌이 입을 열었다.

"그러다 죽어버리면 의미가 없잖아? 좀 더 너 자신을 소중히 여겨."

"그, 그치만……."

"게다가…… 아무래도 반드시 신의 힘을 제어할 수 있어야만 《바람의 전무녀》가 될 수 있는 것도 아닌 모양이고."

"예? 그, 그게 무슨……!"

글렌은 자신을 응시하는 시스에게 어깨를 으쓱였다.

"조금만 생각해봐도 알 수 있는 일이야. 넌 신의 목소리를 듣지 못해. 그건 시라스 씨도, 족장들도 모두 주지의 사실이잖아? 그런데도 그들은 나와 세라의 결혼을 인정했어. 그렇다는 건 즉, 《바람의 전무녀》라는 건 이 땅에 사는 사람들의 신앙과 제사의식을 관장하는 남원의 상징…… 하나로 단결하기 위한 기수 같은 개념인 거겠지."

예를 들면 알자노 제국 왕실과 여왕 폐하 같은.

"거기다 아까 내가 본 바로는 그 힘은 너무 위험해. 제어할 수 있다고 해서 인간이 마음대로 써도 될 게 아니야. 여기가 제국이었으면 바로 《봉인지》행이었을걸."

글렌은 시스가 손에 쥔 《바람의 오카리나》를 짜증스럽게 흘겨보았다.

"그런 인간의 영역을 벗어난 힘에 의지하면 언젠가 반드시 돌이킬 수 없는 재앙이 이 땅에 닥칠 거야. ……아마 시라스 씨도 그 힘에 의지하는 걸 내심 못마땅하게 여기고 있었을 거라고 생각해. 처음부터 네게 그 《바람의 오카리나》를 계승하게 할 생각은 없었을 거야. 그러니……."

옛것을 숭상하는 것이 아닌 새로운 것을 받아들이고 발전해나가는 것.

시라스 씨는 남원의 영광스러운 미래를 위해 그 길을 선택한 것이 아니었을까.

"너 자신을 책망하지 마. 네가 책임을 느낄 이유는 어디에도 없어."

"그, 그래도 난……! 불안했어!"

시스는 글렌에게 매달렸다.

"이런 내가, 정말 세라 언니의 후임이 될 수 있을까? 세라 언니처럼, 이 땅을 지킬 수 있겠어? 우리 민족의 미래를 잘 이끌어나갈 수 있겠냐구!"

"……그거야 모르지."

입술을 떨면서 애원하듯 묻는 시스에게 글렌은 무책임한 격려도 긍정도 해주지 않았다.

"……?!"

"하지만 그건 누구든 마찬가지야."

글렌은 슬픈 표정으로 고개를 떨구려는 시스의 두 어깨를 잡고 억지로 시선을 마주했다.

"너뿐만이 아니야. 시라스 씨도, 세라도…… 물론 나도. 미래는 그 누구도 알 수 없어. 세라가 결혼하지 않고 계속 《바람의 전무녀》로 남는다면 이 땅의 미래를 지킬 수 있을까? 네가 신의 힘을 제어할 수 있는 《바람의 전무녀》가 되면 이 땅의 미래를 지킬 수 있을까? 그걸 대체 누가 알겠어. 당연히 모르지."

"그, 그럼! 대체 어떻게 해야 되는 건데! 내가 뭘 어쩌면……."

"그야 뻔하잖아?"

"그냥, 그대로 계속 나아가면 돼."

그 말을 들은 순간, 시스는 눈을 크게 뜨며 고개를 들었다.

"미래가 어떻게 될지는 아무도 몰라. 원하지 않는 결말을 맞이하는 게 두려워서 발걸음이 무거워질 때도 있고, 당장 본인이 처한 잔혹한 현실에 좌절해서 그 자리에 멈춰 서버릴 때도 있겠지. 하지만, 적어도 계속 그 길을 나아간다면 그냥 가만히 멈춰 서 있을 때보다는 어느 정도 자신이 바라던 미래와 가까워질 수 있을 거야. 설령 네가 꿈꿔왔던 미래의 경치와는 다르더라도 그냥 가만히 멈춰 서 있는 지금보단 조금이라도 좋은 경치가 보이기 시작할 거야. ……적어도 본인이 멈춰 서지 않는 한."

"……."

"거기다, 넌 지금도 《바람의 전무녀》가 되려고 노력하고 있잖아? 언젠가 반드시 도달할 《바람의 전무녀》라는 미래를 목표로 나아가고 있지? 그렇다면 그것만으로도 넌 이미 어엿한 《바람의 전무녀》야. 어렵게 생각할 거 없어. 포기하지 않고 계속 나아가면 그걸로 충분해."

"……."

시스가 멍한 눈으로 그 말을 곱씹었지만, 사실 이 자리에서 가장 큰 충격을 받은 건 말을 꺼낸 당사자였다.

'……포기하지 않고 계속 나아간다면 그걸로 충분하다, 라.'

어째서일까. 그 말이 이상할 정도로 가슴에 파고들었다.

"……하지만 그렇게 사는 건 말처럼 쉬운 일이 아니잖아요?"

"야, 인마. 이 세상에, 인생에 편한 길이 어디 있냐? 다들 저마다 다른 고민과 갈등과 후회를 평등하게 품은 채 살아가는 거지. 인간이라는 건 원래 늘 자신의 선택을 후회하도록 되어 있는 생물이니까. 그건 남자든 여자든 어른이든 아이든 부자든 가난뱅이든 천재든 범인이든 다 똑같아. 예외는 없어. 겉으로 아무리 즐겁고 행복해보여도 다들 속으로는 각자의 괴로움을 품고 살아가는 게 인간이라고."

"……."

"아무튼 앞으로 이 남원의 찬란한 미래를 목표로 각자의 길을 나아가다 보면…… 어쩌면 그들 모두가 《바람의 전무녀》가 된 거라고도 볼 수 있지 않을까? 그렇게 생각하면 《바람의 전무녀》도 별거 아니지?"

"……흥, 뭐예요. 그 이상한 이론은."

시스는 토라진 듯 시선을 피했다.

"그런데 당신은…… 말하는 게 정말 교사 같네요."

"교사 맞거든?"

"……그런가. 그냥 포기하지 않고 계속 나아가면 되는 거였어. 응. 그랬던 거야……."

그리고 혼잣말을 하며 천천히 일어서더니 글렌을 향해 깊이 고개를 숙였다.

"정말…… 지금까지 여러모로 폐를 끼쳤습니다. 죄송해요. 그리고 당신에겐 아직 배울 게 한참 있을 것 같네요. 언젠가 제가 진정한 《바람의 전무녀》가 될 수 있도록, 이 남원의 미래를 위해…… 아무쪼록 앞으로도 지도 편달을 부탁드려요. ……글렌 **선생님**."

그 모습에 글렌과 세라는 서로 얼굴을 마주 보며 웃음을 흘렸다.

"……그만 돌아가자. 글렌 군, 시스."

"……그래."

그렇게 셋은 산을 내려가기 시작했다.

어느새 저 멀리선 해가 떠오르고 있었다.

여명이 산봉우리들을 비추는 광경을 바라보던 글렌은 누구에게도 들리지 않는 목소리로 중얼거렸다.

"……슬슬, 때가 된 걸지도."

제5장 Revived last word

—꿈을 꾼다.

왠지 요즘 자주 꾸는 이상한 꿈을.

~~~~.

“《Iya, Ithaqua》!”

“정의(저스티스)!”

세 명의 소녀와 한 남자가 싸우고 있다.

무한한 우주공간 같은 세계에서 마치 천지개벽 같은 파괴와 에너지를 주고받으며 격전을 벌이고 있었다.

변함없이 소녀들은 신화에서나 나올 법한 신위를 행사하고 있었으나.

그럼에도 남자의 우위는 압도적이었다.

소녀들이 언제 패배해도 이상하지 않을 정도로.

“너희는…… 언제까지 싸울 생각이지?”
~~~~

전투 중 남자가 소녀들에게 물었다.

"선생님이 돌아오실 때까지요! 그리고 선생님과 같이 당신을 쓰러트릴 때까지!"

그러자 은발 소녀가 의연한 태도로 대답했다.

"저티스…… 확실히 당신은 강해요. 분명 당신의 「정의」는, 설사 그것이 뒤틀리고 엇나간 최악의 「정의」일지라도…… 「진짜」. 우리에게 있어선 의심할 여지없는 「악」일지라도 당신이 모든 것을 걸고 관철하려 한 「정의」는 「이 세계에 존재하는 거짓 없는 진실」이겠죠. 그건, 그것만은…… 인정해요."

"그렇게까지 평가해준다니 영광인걸."

은발 소녀의 가시 돋친 찬사에 남자는 과장되게 고개를 숙였다.

"그럼 이해했겠지? 너희들로는 날 이길 수 없다는걸."

"예. ……분명 그렇겠죠."

남자의 지적에 은발 소녀의 얼굴이 분하게 일그러졌다.

"우리 또한 지금까지 걸어온 길이, 앞으로 걸어갈 길이 옳다는 건 추호도 의심치 않아요. 그게 올바른 길임을 믿고 있고, 믿을 수 있죠. 하지만…… 걸어온 길이, 시간이 너무나도 차이가 난다는 건 부정할 수 없네요."

"하하하, 평소에 공부를 열심히 했나 보네."

남자는 손뼉을 치며 칭찬했다.

"마술의 2대 법칙 중 하나, 『등가대응의 법칙』. 대우주인 세계는 소우주인 인간과 등가로 대응하고 있다는 고전 마술 이론…… 요컨대, 세계의 변화는 인간에게, 인간의 변화는 세계에 영향을 끼친다는 내용이지. 마술이란, 마술식이란 결국 세계에 영향을 끼치는 게 아니야. 인간에게 영향을 끼치는 거지. 인간의 심층영역을 변혁시켜서 거기에 대응하는 세계의 법칙에 결과로써 개입하는 것이 바로 마술의 본질. 다시 말해, 마술이란 인간의 심상을 탐구해서 스스로의 존재 방식을 해명하는 학문인 셈이지. 너희들이 도달한 그 신비들처럼. 그리고…… 내가 도달한 「정의」처럼 말이야."

"그렇기에…… 우리는 이길 수 없다."

"맞아. 너희가 걸어온 길이, 신비가, 정의가 나보다 모자라서가 아니야. 그냥 단순히…… **쌓아온 세월이 다른 것**뿐."

"그야 아무리 세상이 넓다지만 자신이 주장하는 정의를 관철하겠답시고 5억 년이나 버틸 수 있는 건 당신뿐일 테니까요! 아마 이 차원수에 존재하는 모든 분기 세계를 통틀어도 당신밖에 없을걸요?!"

"흠, 거기까지 알고 있으면서 너희는 왜 아직도 나랑 싸울 수 있는 걸까?"

남자의 목소리에는 상대를 얕잡아보거나 도발하려는 의도가 조금도 느껴지지 않았다.

거기에 있는 건 순수한 흥미와 경의뿐.

“그야 뻔하잖아요! 믿고 있어서죠! 선생님을!”

남자의 질문에 은발 소녀는 의연하게 대답했다.

“확실히 우리 힘으로는 당신을 이길 수 없어요! 하지만 선생님이라면…… 선생님이라면 분명 이겨주실 거예요! 아니, 이겨요! 그래서 우린 선생님이 돌아오시는 걸 믿고 싸울 수 있는 거라구요!”

“……그런데 정작 중요한 본인은 전혀 돌아올 낌새가 없잖아? 어쩌면 그는 너희가 믿는 것보다, 생각하는 것보다 훨씬 범부였던 거 아닐까? 너희가 그를 지나치게 과대평가했던 걸지도?”

“흥! 따지고 보면 선생님은 처음부터 그랬거든요?! 선생님은 초인이 아니에요! 어디서나 흔히 볼 수 있는 진짜 평범한 사람이죠! 하지만 그런 선생님이라서…… 그런 평범한 사람이니까! 선생님이 필사적으로 고뇌하면서 걸어온 그 길이 그 무엇보다 눈부시게 보였던 거라구요! 어느새 모두가 자연스레 그 뒤를 따를 만큼! 그건 당신도 누구보다 잘 알면서!”

“…….”

은발 소녀의 말에 뭔가 느낀 바가 있었는지 남자는 조용히 눈을 감고 입가를 살짝 끌어올렸다.

소녀는 그런 남자를 향해 거침없이 계속 말했다.

“하지만 누구든 잠시 길을 잃을 때는 있기 마련이에요! 너무나도 잔혹한 현실 앞에서 꿈속으로 도피하고 싶을 때도 있어요! 초인도 뭣도 아닌 평범한 사람이라면 더더욱 그럴 테고요! 분명 선생님은, 자신의 마음 가장 깊은 곳에 있는 상처(트라우마)…… 어떤 의미로는 최대이자 최강의 적과 싸우시는 중일 거예요! ……아무튼 그런 예감이 들어요! 그러니 제가 가르쳐드릴 거예요! 지금까지 선생님이 저한테 가르쳐주신 것처럼…… 이번에는 내가! 이렇게 포기하지 않고 당신과 계속 싸우는 걸로! 선생님 덕분에 우리가 이렇게 훌륭히 성장했다고! 지금까지 선생님이 우리에게 나아갈 길을 제시해주신 것처럼…… 이번에는 우리가 선생님이 나아갈 길을 가르쳐드릴 거예요! 두려워할 필요는 어디에도 없다고! 선생님이 평소처럼 나아간 길에…… 미래가 있다고! 단지 그것만으로도 **처음부터 줄곧 선생님은 「정의의 마법사」였다**고요!"

"……."

"……."

그 말을 긍정하듯 양쪽 옆에 있던 금발 소녀와 파란머리 소녀도 깊이 고개를 끄덕였다.

그러자 남자는 잠시 입을 다문 후.

"큭큭…… 하하하! 정말 행복하겠는걸. 이렇게 훌륭한 제자들이 생기다니 애써 교사가 된 보람이 있겠어. ……그래도 난 봐주지 않아."

이윽고 모자를 깊이 눌러쓰며 날카로운 눈빛으로 소녀들을 노려보았다.

“「그대 바라는 것이 있다면 타인의 소망을 화로에 지펴라」. ……그 어떤 정론이나 논리를 앞세우든 우리의 싸움은 결국 이 말로 귀결돼. 아무튼 우리의 본질은 마술사니까 말이야. ……그럼 어디 한번 보여줘 봐, 후배들. 너희가 그를 믿는다면. 날 부정하고 너희들의 정의를 관철하겠다면. 나라는 땔감을 써서 미래를 향해 희망의 봉화를 올려 보도록 해.”

“그건…… 두말할 것도 없죠!”

그렇게 소녀들과 남자의 전투가 재개되었다.

마치 신들의 황혼(라그나로크)처럼.

그리고 격전 중 은발 소녀는 소리 높여 외쳤다.

지금 이 자리에 없는 누군가를 향해.

“선생님! 저희는 괜찮아요! 그러니 너무 초조해하지 마세요! 선생님이 납득할 수 있는 답을 찾을 때까지 저희는 절대로 지지 않을 테니까요! 그러니……!”

~~~~.

————.

행복했다.

남원에서 세라와 함께 지내는 나날은 행복했다.
~~~~

너무 행복해서 몸과 마음이 녹아버릴 것 같았다.

세라의 평범한 몸짓 하나하나를 지켜보는 게 좋았다.

세라가 문득 날 보고 미소를 지어주는 것이 좋았다.

남원의 생활도 나쁘지 않았다.

이곳 주민들은 하나 같이 호탕했다.

세라를 필두로 학생들은 모두 날 존경하고 잘 따랐다.

세라의 양친은 가족을 아끼는 좋은 분들이라 외부인인 나도 쾌히 받아들여 주었다.

그리고 무엇보다 내 곁에는 세라가 있었다.

그것만으로도 이젠 아무것도 필요 없었다.

하지만 난…….

――――.

그런 평화롭고 행복한 일상을 보내던 어느 날.

마침내 글렌과 세라가 혼례를 올리는 날이 왔다. 결국 두 사람이 부부가 되는 날이.

하지만 한쪽이 아무래도 그 실바스 일족의 공주이다 보니 결혼식은 대대적으로 거행하게 되었다.

시내는 어느새 이미 축제 분위기였다.

일반에 개방한 궁전의 중정은 수많은 시민이 북적이는 연회장으로 변해 있었다.

대량의 요리와 술이 공짜로 나오고, 가설무대에서는 무희들이 춤을 선보였으며, 악단이 피리와 북으로 남원의 경쾌한 전통음악을 연주했다.

아무튼 결혼식 날에는 연령과 성별과 신분을 가리지 않고 많은 사람이 모여 사흘쯤 먹고 마시며 떠들썩한 시간을 보내는 것이 남원의 전통이었기 때문이다.

글렌은 그런 흥겨운 바깥 풍경을 궁전의 창 너머로 내려다보고 있었다.

"……사위."

"……!"

하지만 갑자기 누군가가 어깨를 두드리며 부르는 통에 퍼뜩 놀라 고개를 돌렸다.

"시라스 씨……."

"왜 그러고 있나. 뭔가 고민이 있는 표정이네만."

그제야 글렌은 자신이 처한 상황을 돌아볼 수 있었다.

현재 그는 휘황찬란한 자수가 놓인 남원식 혼례의상을 입은 채 대합실에서 대기하는 중이었다.

"혹시 이 결혼에 불만이라도 있는 건가?"

"하하하, 그럴 리가요. 그보단 설마 제가 진짜로 결혼하게 될 줄은 상상도 못 해서……."

"하아~ 정말이지 한심스럽네요. 그러고도 세라 언니의 남편이 될 사람인가요?"

그러자 시스가 퉁명스러운 말투로 대화에 끼어들었다.

"이건 세라 언니의 일생일대의 무대거든요?! 정신 좀 똑바로 차리세요!"

"응, 알고 있어."

"윽! 말하자마자 벌써! 거기 가만히 좀 있어 봐요."

그리고 익숙한 손놀림으로 글렌의 옷깃을 여며주었다.

"후우~ 선생님이 정말 잘 하실 수 있을지 벌써 불안해지네요."

"미안미안."

말로는 투덜대도 이러는 걸 보면 두 사람의 관계는 상당히 개선된 모양이었다.

"실례하겠습니다."

마침 실바스 일족을 섬기는 시종이 대합실로 들어왔다.

"시라스 님."

"그래. 식 준비는 어떻게 됐나."

"신부…… 세라 공주님의 환복은 사라 님께서 도와주고 계십니다. 혼례식과 그 후의 연회 준비도 순조롭고 참석한 각 씨족 손님들의 대접도 빈틈없이 이루어지고 있습니다."

"그런가. 고맙네. 이대로 잘 좀 부탁하네."

시라스가 웃으며 대답했지만, 시종은 어째선지 우물거리며 다시 입을 열었다.

"저기, 그런데 시라스 님. 한 가지 더 드릴 말씀이……."

"뭐지?"
"실은, 정말 갑자기 이 안으로 들여보내달라는 손님이 계셔서……."
"손님?"
"예, 제국인이었습니다. 글렌 님의 가족이라고……."
"아, **내가 불렀어**. 괜찮으면 들여보내주지 않을래?"
글렌이 마침 기다리고 있었다는 듯이 말한 순간.

두두두두두두두두두두두두!

바깥쪽에서 엄청난 기세로 복도를 달리는 소리가 들린 후.
콰앙!
그 여성은 성대하게 문을 걷어차며 등장했다.
호화찬란한 금발, 마성의 미모, 진홍빛 눈동자.
검은 고딕 드레스 위로도 두드러지는 발군의 몸매와 미(美)의 신에게 사랑받는 듯한 이 절세의 미녀의 정체는—.

"야, 인마! 글레에에에에에에엔! 너어어?! 이 몸에게 한마디 상의도 없이 이딴 변경에서 멋대로 결혼이라고라~?! 너 대체 뭔 생각이야!"

글렌의 스승이자 키워준 부모이기도 한 세리카 아르포네

아였다.

그녀는 분노한 나머지 손에 든 빗자루형 비행 마도기 — 아무래도 저걸 타고 페지테에서 이 먼 곳까지 날아온 모양이었다 — 를 단숨에 부러트리며 악귀 같은 표정으로 따지고 들었다.

“퇴역했다는 놈이 아무리 기다려도 집엔 돌아올 낌새도 없지 않나! 그러다 겨우 편지가 왔나 싶더니 결혼온?! 너무 놀라서 세상이 뒤집히는 줄 알았다고! 네가 그 세라라는 애랑 좋은 분위기인 건 알고 있었지만, 아무리 그래도 나한텐 미리 말해주는 게 도리잖아! 이 박정한 자식아! 에잇! 너처럼 키워준 은혜도 모르는 놈은 이제 내 아들도 아냐! 그리고! 이 엄마는 이딴 결혼식은 절대로 인정 못 해! 벌써부터 발언이 모순됐다는 말은 꺼내지도 마! 아무튼 이런 결혼식 따윈 내가 전부 날려버려주겠어어어어어어어어어어어어어!”

그리고 양손에 어마어마한 마력을 모으기 시작한 순간.

글렌은…… 그녀를 정면에서 꼭 끌어안았다.

““““……?!””””

주위에서는 당연히 어리둥절한 반응을 보였다.

“야! 글렌! 이거 놔! 이딴 걸로 이번 일을 얼버무릴 수 있을 줄……!”

세리카도 처음에는 거세게 저항했다.

"만나고 싶었어."

"글렌……."

글렌의 이상한 반응에 세리카는 눈살을 찌푸리며 저항을 멈추었다.

자세히 보니 그는 어깨를 희미하게 떨고 있었다.

마치 뭔가를 참는 것처럼. 마치 뭔가를 슬퍼하는 것처럼.

그저 세리카를 간절히 끌어안은 채, 떨고 있었다.

그 모습은 마치 무서운 꿈을 꾼 어린아이 같았다.

"……정말 만나고 싶었어."

"너, 무슨 일 있었어? 갑자기 울보 꼬맹이 시절로 돌아간 것처럼 굴고."

세리카는 독기가 빠졌는지 한숨을 내쉬며 글렌의 머리에 손을 얹어주었다.

"세리카……."

하지만 글렌은 품에 안긴 채 떨어지려 하지 않았다.

"참 나, 대체 뭐가 뭔지."

결국 세리카는 글렌이 진정될 때까지 그대로 가만히 서 있을 수밖에 없었다.

────.

시라스의 배려로 글렌은 일단 세리카를 데리고 밖으로 나왔다.

지금 둘이 있는 곳은 궁전의 공중정원이었다.

남원 특유의 식물들로 둘러싸인 아름다운 장소였지만, 지금은 한산한 분위기였다.

하지만 멀리서는 오늘의 식을 축하하는 사람들이 즐겁게 떠드는 소리가 들리는 가운데, 둘은 벤치에 나란히 앉아 하늘을 올려다보았다.

"거참, 뜬금없이 뭐야? 사람을 보자마자 덥석 끌어안다니."

"……."

글렌은 아무 말도 없었다.

"그건 그렇고 너…… 느닷없이 주위 사람들이 오해할 만한 그런 짓은 하지 말라고. 난 속은 할망구지만, 겉은 젊고 탱탱한 절세의 미녀니까 말이야. 결혼 전에 이상한 소문이 돌면 어쩌려고 그래?"

"……."

글렌은 여전히 말이 없었다.

"헉?! 혹시 설마?! 글렌, 너 그런 거였어? 사실 그 여자랑은 장난이었고 진심으로 사랑했던 건 나였다든가?! 젊은 혈기로 사고를 친 탓에 달아날 방법이 없어서 날 부른 거였다든가?! 이야~ 이거 참 곤란한걸~! 아무리 피가 이어지지 않았다지만, 우린 모자지간인데 말이지~! 그래도 뭐, 네가 그렇게까지 말한다면야 사랑의 도피쯤 못 해줄 것도 없지. 일단 이 남원을 내 마술로 모조리 날려버린 다음……."

"……."

글렌은 계속 말이 없었다.

"……뭐, 주접은 여기까지만 떨고."

결국 세리카도 씁쓸한 미소로 어깨를 으쓱이며 입을 다물었다.

둘은 그렇게 한없이 먼 하늘을 바라보았다.

하늘도 쾌청하고 바람도 선선하게 부는 식을 올리기 딱 좋은 날씨였다.

"……."

"……."

"미안, 세리카."

이윽고 글렌이 뭔가를 결심한 듯 입을 열었다.

"지금까지 널 만나지 않고…… 결혼에 관해 미리 얘기하지 않은 건…… 어째선지 마음속 한편에서 **넌 이제 존재하지 않는 사람이라 두 번 다시 만날 수 없다**는 생각이 박혀 있어서였어."

"하하하. 야, 그건 또 웬 생뚱맞은 소리야?"

세리카는 조금 어이없는 기색이었지만, 그래도 글렌을 안심시키고 싶었는지 부드러운 목소리로 말했다.

"난 **여기 있잖아**?"

"그래, 맞아. **여기**에는 있어. **여기**에는. 있는 게 당연해. 그래서…… 마지막으로 꼭 너랑 직접 만나서 얘길 해보고 싶었어."

"마지막? 흥. 너, 뭐 이상한 거라도 먹었냐? 혹시 이 동네 물이 몸에 안 맞는 거 아냐?"

글렌은 쓴웃음을 지었다. 왠지 이렇게 둘이서 주거니 받거니 하는 상황 자체를 그리워하는 듯한 표정이었다.

"저기, 세리카. 하나만 물어봐도 될까?"

그리고 잠시 간격을 두고 세리카에게 물었다.

"뭔데?"

"나…… 이대로 결혼해도 될까? 이제 와서 무슨 소리냐 싶겠지만…… 넌 어떻게 생각해?"

"……그럼 나도 하나만 물어보자. 넌 그 세라라는 여자를 어떻게 생각하는데? 좋아해? 아님 싫어해?"

"좋아해. 사랑하고 있어. 그 녀석을 위해서라면 내 인생을 바쳐도 상관없다는 생각이 드는 여자야. 그 녀석을 만난 건 내 인생 최고의 행운일지도 몰라."

"그럼 문제 될 건 아무것도 없겠네."

세리카는 강하게 단언했다.

"……라고 말해주고 싶지만, 네가 고민하는 건 아마 그런 문제가 아니겠지? 그 정도는 보면 알아. 우리가 뭐 하루 이틀 알고 지낸 사이도 아니고."

하지만 곧 뭔가를 눈치챈 듯 그렇게 결론지었다.

"……."

글렌은 그 말을 긍정하듯 고개를 숙인 채 입을 다물었다.

"큭큭……."

그러자 세리카가 불현듯 웃음을 흘리기 시작했다.

"큭큭큭…… 아하, 아하하! 아하하하하하하하하하!"

"왜 웃어……?"

글렌이 비난하는 눈초리로 묻자 세리카는 아무렇지 않게 말했다.

"아니, 그 뭐냐. 예전에 어디 벽촌에서 《탑》 앙리에타를 쳐죽인 날에 변덕으로 거둔 꼬맹이가 말이다? 갑자기 결혼한다느니 뭐니 하면서 날 불러낸다 싶더니 이번에는 또 혼자 이 세상의 운명이라도 짊어진 듯한 진지한 표정으로 고민하고 있잖아? 그게 왠지 좀 웃겨서 말이야."

"칫……. 시끄러워, 바보."

글렌은 겸연쩍은 표정으로 얼굴을 붉히며 토라진 듯 시선을 피했다.

그러자 세리카는 글렌의 어깨에 가볍게 손을 얹으며 말했다.

“까놓고 말해 난 네가 지금 뭘 고민하고 있는지 아무것도 몰라. 하지만 이 상황에서 그런 고민이 생겼다는 건…… 분명 그만한 이유가 있는 거겠지? 안 그래?”

“…….”

“결론만 말하자면, 난 네가 행복하면 그걸로 족해. 다른 그 무엇이 희생되든 상관없어. 누가 뭐라 해도 너만 행복하면 돼. ……엄마란 건 그런 존재야.”

그리고 글렌을 향해 미소 지었다.

하지만 당사자는 그 조언에 답을 찾기는커녕 오히려 더 깊은 생각에 잠겨서 갈등했다.

그러자 세리카는 그럴 줄 알았다는 듯 입을 열었다.

“하지만 네가 나한테 듣고 싶은 말은…… 아마 이런 게 아니겠지?”

“……왜 그렇게 생각하는데?”

“엄마니까 알아.”

세리카는 하늘을 올려다보며 다리를 흔들거렸다.

“아아~ 네가 방금 내가 한 말을 듣고 얌전히 수긍할 놈이었다면 걱정할 게 없었을 텐데 말이야~. ……뭐, 그런 녀석이 「정의의 마법사」 같은 어처구니없는 목표를 고를 리도 없겠지. 네 그 장래 희망의 기원은…… 나였던가? 분명 언제 어디선가 들었던 것 같기도 한데…… 하하하, 나도 참 죄 많은 여자네.”

“세리카……. 맞아. 난 「정의의 마법사」를 동경해서…… 항상 너 같은 마법사가 되고 싶었어.”

그렇다. 세리카라는 마술사는 글렌이라는 존재의 초심이자 근원이자 원점이자 **원초**였다.

그런 까닭에 글렌은 이 시점에서 세리카를 반드시 만나볼 필요가 있었던 것이다.

그러자 세리카는 글렌이 보는 앞에서 일어섰다.

“어머니로서의 조언이 필요한 게 아니라면…… 내가 해줄 말은 하나밖에 없겠군. 이건 마술사로서의…… 네 마술 스승으로서 내리는 조언이다.”

그리고 글렌을 똑바로 내려다보며 진지한 표정으로 엄숙하게 고했다.

“「뭔가를 해내는 자란 끝까지 걸어간 바보이고, 실패하는 자란 결국 멈춰 서버린 현자이다」.”

“……!”

그 순간, 지금까지 어중간한 반응만 보이던 글렌의 눈이 처음으로 크게 떠졌다.

“후…… 이게 정답이었나.”

하지만 세리카는 조금 쓸쓸한 표정으로 입가를 일그러트렸다.

"네가 생각하는 게 맞아. 옛날에 누군가가 나한테 셉텐데다운 한마디를 요구하길래 그냥 그 자리에서 적당히 그럴듯한 말을 지어냈더니 어느새 근대마술사 교과서에까지 실려버린…… 내 흑역사지."

"……그건, 모르고 싶었던 진실이네."

"하지만…… 한편으로는 이 세계의, 그리고 인간의 진리라고도 생각해."

세리카는 다시 하늘을 올려다보았다.

"인간 앞에는 헤아릴 수 없을 정도로 많은 선택지가 존재하고, 어떤 길을 고르든 결국 후회하기 마련인 법. 인간은 그런 식으로밖에 살아갈 수 없는 존재야. 참고로 고르는 걸 포기하면 나중엔 그 사실 자체를 후회하게 되는 비참한 사양이기도 하지. 하지만 그래서야. 중요한 건 결국…… 본인의 마음이잖아? 그 선택지를 고른 본인이 납득할 수 있느냐가 아닐까?"

"……."

"그리고 마지막으로 하나 더. 역시 스승으로서의 조언만으로는 부족하니 어머니로서의 조언도 덧붙일게. ……네가 어떤 선택을 하든 난 네 편이야."

"……!"

"이대로 독불장군처럼 나아가도 상관없어. 어중간하게 포기하고 네 행복부터 찾아도 돼. 그래도 누가 뭐라 하든 난

네 선택을 존중하고 긍정해주는 아군으로 남을 거야. ……그게 엄마라는 거잖아?"

그 한없이 따스한 말에 글렌은 잠시 말문이 막힐 수밖에 없었다.

"고마워, 세리카……. 날 거둬준 게 너라서…… 정말 여러모로 다행이야."

하지만 곧 눈시울을 붉히며 간신히 고마움을 표할 수 있었다.

세리카의 조언 자체는 사실 별반 참신한 건 아니었다.

글렌 자신도 기억은 잘 안 나지만, 고민에 빠진 누군가에게 해준 적 있었던 흔해빠진 조언이기도 했다.

하지만 화자가 누구냐에 따라선 이토록 가슴에 와닿는 말이 될 수 있었다.

이토록 마음 든든하고 기쁘게 느껴지는 말이 될 수도 있었다.

"……자, 그럼."

자신의 말에서 뭔가를 얻은 듯한 글렌의 반응에 안심했는지 세리카는 등을 돌리고 품속에서 성냥개비 같은 작은 봉을 하나 꺼냈다.

그리고 주문을 외우며 휘두르자 단숨에 빗자루로 변했다.

새 비행 마도기다.

그 빗자루를 앞으로 던지자 공중에 수평으로 떠올랐고, 거기에 옆으로 걸터앉았다.

"난 이만 가볼까."

"……잠깐, 벌써 가려고? 이제 곧 하나뿐인 아들내미의 일생일대의 무대가 기다리고 있는데?"

"흥! 네가 딴 여자의 남자가 되는 순간 따윈 보고 싶지도 않거든?!"

어이가 없어서 쓴웃음을 짓는 글렌에게 세리카가 혀를 삐죽 내밀었다.

"……풋!"

"흐."

어느새 둘은 평소와 다름없는 가족의 모습으로 돌아와 있었다.

그리고 빗자루에 탄 세리카는 그대로 하늘 향해 천천히 떠올랐다.

"글렌."

"왜."

"……잘해 봐."

"응."

그 말을 마지막으로 세리카는 엄청난 속도로 하늘 저편으로 날아갔고, 그녀의 모습은 곧 흔적도 보이지 않게 되었다.

———.

"잠깐만요! 늦었잖아요, 선생님!"

세리카와 헤어진 글렌이 신랑 대기실로 돌아오자마자 시스가 화를 내며 달려왔다.

"뭐, 뭐야, 뭔데!"

"정말이지! 방금 세라 언니의 환복이 끝난 참이라구요! 자, 얼른 봐주세요!"

"……어?"

시스가 방 한편을 가리키고, 글렌이 반사적으로 그쪽을 향해 시선을 돌린 순간.

"……글렌 군."

그곳에 있는 건 마치 꿈만 같은 광경이었다.

순백의 웨딩복을 입은 세라가 살짝 고개를 숙인 채 서 있었다.

남원 알디아는 대륙 동서남북의 다양한 문화가 교차하는 지역이다 보니 알자노 제국 같은 서쪽 국가에서나 볼 법한 펑퍼짐한 플레어스커트에 하늘하늘한 레이스를 잔뜩 붙인 웨딩드레스 같으면서도 동쪽 국가에서나 볼 법한 조신한 전통의상 같기도 한 독특한 분위기의 웨딩복에는 남원 특유의 휘황찬란한 자수가 다양한 색상으로 섬세하게 놓여 있었다.

전체적으로는 눈부실 정도의 흰색이 베이스지만, 동시에 그런 예술적인 자수들이 마치 무지개 같은 환상적인 분위기를 연출했다.

그리고 화룡점정은 머리에 두른 베일.

세라라는 한 여자의 인생 최고의 날에 극한까지 끌어올린 천상의 아름다움이 바로 눈앞에 있었던 것이다.

"어때……? 지금 나……."

"아름다워……."

수줍어하는 세라에게 글렌은 평소처럼 가벼운 태도를 보일 수 없었다.

그저 넋을 잃은 표정으로 거짓 없이 솔직한 찬사를 보낼 수밖에 없었다.

"후훗, 정말 예쁘구나. 세라."

최선을 다해 이 드레스를 준비했을 사라도 경사스러운 날을 맞이한 딸의 아름다운 모습에 눈물을 글썽이며 미소 짓고 있었다.

"있지, 글렌 군. ……나, 오늘 이날을 당신과 함께 맞이할 수 있어서 너무 행복해."

"세라……."

둘은 서로를 마주 보았다.

“……왠지 우리 때가 생각나네요, 여보.”

“그래. 언젠가 이런 날이 올 줄 알고 있었지만, 세월 참 빠르군.”

그 모습을 본 시라스와 사라는 잔잔하게 미소 지었다.

“글렌 선생님! 세라 언니를 앞으로 평생 지켜주세요! 세라 언니를 절대로 품에서 놓지 말라구요! 만약 그랬다간 제가 용서 안 해요!”

눈물을 글썽이는 시스도 솔직하지 못한 태도로 글렌에게 축하의 말을 건넸다.

“……그래.”

하지만 글렌은 모호하게 고개를 끄덕일 수밖에 없었다.

————.

이윽고 결혼식 준비가 전부 끝나자, 자신들을 지켜보는 수많은 사람 앞에서 글렌과 세라는 어느 한 장소를 향해 이동했다.

그곳은 다름 아닌 궁전 부지 내의 사원이었다.

대대로 왕족이 결혼식을 올리는 장소이기도 했다.

반구형 제사장에서 엄숙하게 치러진다.

실제로 이 예식에 참석할 수 있는 건 극히 일부뿐이었다.

식을 주관하는 바람의 신을 섬기는 신관장.

양가 친족들.

그리고 결혼하는 당사자 둘.

이들뿐이었다. 왕족의 결혼식임에도 이토록 참석자가 한정된 것은 혈연관계를 극단적으로 중요시하는 남원의 전통 문화라 볼 수 있으리라.

그 대신 피로연은 도시 전체를 무대로 성대하게 치러진다.

"그럼 지금부터 실바스의 공주이자 《바람의 전무녀》 세라. 아르포네아의 아들 글렌. 두 사람의 혼례 의식을 거행하겠습니다."

중후한 복장의 신관이 의식을 시작했다.

먼저 세라가 《바람의 전무녀》 지위를 반납하는 것부터.

그녀가 바람의 신상 앞에서 무릎 꿇고 기도를 올리자, 신관이 주문을 외우며 깃털 장식으로 머리를 정중히 쓰다듬었다.

잠시 긴 주문이 흐르고 세라의 발밑에서 어떤 마술법진이 떠오르더니 그것은 곧 빛의 입자로 변해 사라졌다.

지금 이 순간 신과의 계약이 끊어진 것이다.

그리고 세라가 《바람의 오카리나》를 제단에 반납하는 것으로써 《바람의 전무녀》로서의 역할이 비로소 끝을 고했다.

"……."

글렌은 세라가 신의 가호를 잃고 **평범한 인간**으로 돌아오는 것을 가만히 응시했다.

이윽고 그녀가 옆자리로 돌아오자 이번에는 일반적인 혼례 의식이 시작되었다.

신관이 신상 앞에서 깃털 장식을 휘두르며 긴 기도를 올리는 가운데 세라가 글렌을 돌아보며 작은 목소리로 말을 걸어왔다.

"……이제 곧이네."

"……."

"왠지 정말로 꿈을 꾸고 있는 것 같아. 너무 행복해서 이대로 녹아 사라져버리는 게 아닐까 싶을 정도로."

"……."

"우리, 이대로 영원히 하나가 되는 거네. ……멋진 부부가 되자. 아이도 잔뜩 낳아서 근사한 가정을 꾸리자."

"……."

하지만 글렌은 대답이 없었다.

"글렌 군……?"

약간 이상한 글렌의 반응에 세라가 고개를 갸웃거린 순간.

"두 분, 앞으로."

신관이 글렌과 세라를 제단 앞으로 불렀다.

둘은 손을 잡고 나왔다.

그러자 신관이 축사를 외우며 글렌과 세라의 머리에 정화를 상징하는 쌀을 뿌렸고, 둘도 서로를 향해 쌀을 조금 뿌린 후, 신관이 은잔에 부은 신주를 교대로 한입씩 마셨다.

그리고 식 마지막에 신관이 《나코토》라고 불리는 바람의 신의 성전을 꺼내들었다.

둘이서 그 책에 손을 대고 차례대로 결혼 맹세를 하면 의식이 성립되고, 그제야 비로소 부부가 되는 것이다.

"신부와 신랑. 두 분은 이 자리에서, 신 앞에서 결혼 선언을 하는 것으로 맺어지게 될 것입니다. 결혼이란 두 사람의 영혼을 하나로 묶어 새로운 가족을 만드는 특별한 순간. 서로를 사랑하고, 존중하고, 보듬어주고, 함께 행복한 길을 나아갈 것을 맹세하겠습니까? 그대 북녘 맹우의 백성 글렌. 그대는 세라 실바스를 아내로 맞이해 평생토록 사랑하며 함께 걸어갈 것을 맹세하겠습니까?"

"……."

하지만 글렌은 이번에도 대답하지 않았다.

"글렌…… 군, 왜 그래?"

세라는 의아한 눈으로 옆에 있는 그를 올려다보았다.

그제야 뭔가 분위기가 이상하다는 것을 깨달은 시라스와 사라와 시스를 비롯한 실바스 일족 전원이 의아함을 느끼기 시작한 순간.

글렌은 작은 목소리로 말했다.

“……그래.. **여기**밖에 없겠지.”

그의 눈가에는 어째선지 눈물이 맺혀 있었다.

“직접 겪어보니 알겠네. 영혼이…… 그렇게 고하고 있는걸.”

“……어? 어? 뭐, 뭐가?”

“이 세계에 단 하나만 존재하는 분기점…… 내가 현실로 돌아갈 수 있는 유일한 지점 말이야.”

불안한 표정으로 당혹스러워하는 세라에게 글렌은 담담한 목소리로 말했다.

“나, 실은…… 처음부터 알고 있었어. 이 세계가, 어딘가 이상하다는걸. 진짜 말도 안 된다는걸. 지금 여기서 맹세해 버리면…… 난 그 모든 위화감을 잊고 이 세계에서 영원히 살아가게 되겠지. 왠지 그런 예감이 들더라. 하지만…….”

“으흠!”

그 순간, 신관이 헛기침을 한 차례 하며 다시 입을 열었다.

“그대 북녘 맹우의 백성 글렌. 그대는 세라 실바스를 아내로 맞이해 평생토록 사랑하며 함께 걸어갈 것을 맹세하겠습니까?”

하지만 그 말을 들은 글렌은 몸을 떨면서 눈물을 흘리고 목구멍에서 간신히 말을 쥐어짜 냈다.

“미안, 세라! 난…… 못 해! 난 현실로 돌아가야만 한다고!

미안! 정말…… 진심으로 미안해!”

그 순간.

마치 이 세계 자체에 금이 간 듯한 소리가 들리는 동시에 모든 것이 빛을 잃고 회색으로 물들었다.

시라스도. 사라도. 시스도. 신관도.

밖에서 떠들썩하게 둘의 결혼식을 축복하는 시민들도.

각 씨족의 족장들도.

늘 잔잔하게 부는 바람도. 하얀 구름도. 청명한 하늘도.

마치 시간이 멈춰버린 것처럼 아무런 움직임도 보이지 않았다.

그런 거짓된 세계에서 색을 잃지 않고 남아 있는 건 글렌과 세라뿐이었다.

“……글렌 군. 아직 늦지 않았어.”

세라가 슬픔과 간절함이 뒤섞인 표정으로 글렌의 손을 잡았다.

“이제라도 글렌 군이 맹세한다면…… 우린 영원히 함께 행복하게 살 수 있어. **이 물거품 같은 꿈의 세계**에서…….”

“세라, 난…….”

글렌은 그 손을 살며시 떼려 했지만, 세라는 오히려 더 강하게 쥐고 놔주지 않았다.

“……부탁이야, 글렌 군.”

“세라!”

“제발!”

고개를 숙여 떨고 있는 세라의 뺨을 타고 흘러내린 눈물이 바닥을 작게 두드렸다.

하지만 글렌은…….

“난…… 이대로 멈춰 설 수 없어. 앞으로 나아가야 해.”

그 말을 기점으로 세계에 균열이 발생했다.

공간이 마치 유리처럼 갈라지기 시작한 것이다.

쨍그랑!

이윽고 세계가 깨져나가는 동시에 거센 바람이 행복한 꿈을 파편을 아득히 먼 어딘가로 휩쓸어갔다.

어느새 옷도 평소에 자주 입는 셔츠와 넥타이와 바지로 바뀌어 있었다.

그리고 이 세계선에선 절대로 손에 넣을 수 없는 망토로.

현실에서 그가 입고 있었던 것들이었다.

그리고 차디찬 바람이 부는 주위를 둘러보자 거기에 있는 것은—.

폐허였다.

철저하게 파괴된 실바니아 궁전.

화마에 휩쓸린 알리디아 시가지.

저녁노을에 붉게 물든 폐허. 아무도 없는 쓸쓸한 폐도.

사실 딱히 이상할 건 없었다.

이것이 현재 남원의 진짜 모습이었기 때문이다.

하지만 그럼에도 너무나도 슬프고 외로운 풍경이었다.

"꿈이…… 깨버렸네?"

거친 바람에 나부끼는 머리카락을 손으로 누른 세라가 글렌의 옆으로 다가와 말을 걸었다.

그녀도 이미 아름다운 신부의 모습이 아니었다.

늘 보던 특무분실의 마도사 예복 차림이었다.

"아버지와 어머니는…… 백성들을 지키기 위해 마지막까지 레자리아 왕국군과 싸우다 고결한 죽음을 맞이하셨어. 시스는…… 날 감싸다 죽어버렸지. 날 살리려고…… 내가 언니였는데…… 난 아무것도 할 수 없었어."

"……."

"그리고 난…… 모두를 버리고 가까스로 남원을 탈출한 난…… 제국으로 망명해 조국을 부흥시키기 위해 제국군에 입대하고…… 글렌 군과 동료들을 만나고…… 함께 싸우다…… 결국 꿈을 이루지 못한 채 죽어버렸지. ……그게 진짜 세계선. 더는 돌이킬 수 없는 현실."

"……."

"나도…… 알고 있었어. 이게 꿈이라는걸. 그래도 글렌 군과 함께 있는 시간이 너무 행복해서, 이 꿈이 현실이고 그 현실이 꿈이라고 믿고 싶었어……."

"……나도야."

그렇다. 이게 꿈이었기에.

세라가 있었고, 세리카도 존재할 수 있었다.

글렌의 나약함이 만들어낸 꿈.

그것이 바로 이 행복한 세계의 정체였던 것이다.

세라는 아련한 눈으로 주위를 훑어보았다.

"아아, 알디아…… 내가 사랑했던 고향. 진짜 멸망해버린 거구나. 아…… 흑, 히끅. 글렌 군이랑…… 글렌 군이랑 함께 살아가고 싶었는데……."

오열하는 세라.

글렌도 손등으로 눈물을 훔치며 피가 새어 나올 정도로 주먹을 꽉 쥐고 그녀에게서 등을 돌렸다.

"얼마든지 날 원망해도 상관없어……. 그래도 난 가야 해. 날 기다리는 녀석들이 있으니까. 내가 걸어온 현실이라는 이야기의 세상 속에서 난 아직 해야 할 일이…… 아직 한참 남아 있으니까! 그러니 난 너와 함께 갈 수 없어!"

그녀가 아무리 자신을 원망하고 욕하더라도 받아들이리라.

설령 그녀의 손에 죽게 되더라도 상관없다는 각오로 그렇게 외친 순간.

"……미안해."

세라는 오히려 그런 자신의 등을 살며시 끌어안아주었다.

"글렌 군이 여태껏 이 꿈에서 깨어나지 못했던 건…… 아마 내가 강하게 그러길 원했던 탓일 거야. 글렌 군을 이 꿈에 속박하고 있었던 건 다름 아닌 나. 이 모든 건…… 내 미련이었으니까."

세라는 《바람의 전무녀》. 외우주의 사신 이타콰를 섬기는 신관.

즉, 「하늘」에 도달하진 못했지만 사실상 그 영역에 한 발 걸친 상태나 다름없었다.

그러하기에 의지력으로 모든 것을 뜻대로 구현할 수 있는 꿈의 세계에서는 그런 일이 가능했던 것이리라.

하지만 오히려 그 때문에 글렌과 결혼식을 올릴 때 《바람의 전무녀》의 직위를 반납한 순간, 꿈의 파워 밸런스가 무너지며 결정적인 빈틈이 생겨났다.

글렌에게 「꿈에서 깨어난다」는 선택지가 발생하고 만 것이다.

"글렌 군이라면 분명 더 빨리 깰 수 있었을 거야. 그런데 내 욕심 때문에…… 글렌 군이 이런 괴로운 일을 겪게 했으니…… 사과해야 할 건, 나야."

"아니야. 이건 꿈이잖아. 꿈이라면 뭐든지 가능해. 본인에게 유리한 상황을 바라는 건 당연한 일이야. 내가 더 빨리 정신을 차리고 눈치챘어야 했어. 먼저 손을 썼어야 했어. 너한테 괜한 희망을 품게 해서…… 괴로운 일을 겪게 한 건 전부 내 잘못이야. 그야 넌, 처음부터 이게 처음부터 꿈이라는 걸 나한테 가르쳐줬으니까!"

글렌은 품속에서 뭔가를 꺼냈다.

편지봉투였다.

알리디아로 오는 길에 짐 속에서 발견한 기억에 없는 편지.

"……그 분기점과 귀환점에 대한 메시지를 남긴 건…… 너였잖아?"

"에헤헤…… 들켜버렸네."

세라는 울면서 수줍게 웃었다.

"나도 참 치사한 여자지? 글렌 군과 함께 계속 이 꿈을 꾸고 싶어서…… 그래서 이 꿈속에 글렌 군을 가두려고 했는데…… 그래도 역시 죄책감이 들어서…… 글렌 군을 방해하면 안 된다는 생각이 들어서…… 그래서 그런 편지를 남긴 바람에 글렌 군만 괜히 더 괴롭게 만들었어. 참 어중간하지? ……난 정말 바보야."

"아니야! 네 탓이 아니라고, 세라! 넌 진짜 아무것도 잘못한 게 없어! 전부 나야! 내 잘못이야! 난 항상 이랬어! 반드시 널 지키겠다고 큰소리쳐 놓고는 결국…… 그리고 지금도 난…… 이렇게 널 버리고 가려고 해! 진짜 왜! 왜 나란 놈은……! 왜 이 모양인 거지? 왜 늘 이런 변변찮은……! 변변찮은 쓰레기 같은 놈인 거냐고! 젠장! 젠자앙!"

세라는 오열하는 글렌을 더 강하게 끌어안았다.

"아니야, 글렌 군……. 확실히 지금 난 몸이 찢어질 것처럼 슬프지만…… 동시에 굉장히 마음이 놓이기도 해. 역시 글렌 군은, 변함없이 내가 사랑했던 글렌 군의 모습 그대로구나 싶어서."

"과대평가야……. 너만 그런 게 아니라…… 다들 하나같이 왜 날 이렇게 과대평가하는 건지 모르겠다고……."

글렌은 고개를 저었다.

"하긴 난 늘 큰소리만 치고 다녔지. 내가 옳다고 믿는 길을 어찌어찌 지금껏 달려왔어. 그런데 말이지. ……실은 두려워. 앞으로 나아가는 게."

"……."

"또 너처럼…… 누군가를 잃을까 봐 두려워. 뭔가에 진심이 돼서, 꿈을 꾸고, 좌절하는 게 괴로워. 실제로 난 얼마 전에 세리카를 눈앞에서 잃었는데…… 내 입장상 그 일을 극복한 것처럼, 더는 아무렇지 않은 것처럼 행동했지만…… 가만히 앉아서 울고만 있으면 세리카한테 미안해서 그렇게 가장했던 것뿐이었어. 솔직히 이미 난 한계이야. ……내 속은 이미 만신창이라고."

"……."

"그래서 세상의 운명 같은 걸 짊어져도…… 사실 마음속 한편에선 이 상황에 진심이 될 수 없었어. ……아무리 용을 써도 도저히. 왜냐하면, 뭔가를 진심으로 마주하다 또 전부 잃게 되는 게 두려워서 견딜 수 없었으니까. ……진심이 아니라면 실패했을 때 변명거리라도 남잖아?"

"……."

"시스티나, 루미아, 리엘. 그 녀석들은 진심이야. 알베르트. 이브. 여왕 폐하도 다들 진심이고, 지금 전 세계의 모든 사람도 진심이지. 저티스와 펠로드…… 그 역겨운 적들마저도 전부 진심이었어. 그렇게 자신이 가야 할 길을 진심을 다해 나아가는, 진정으로 강한 사람들을 보고 있으면 난……."

세라는 글렌의 귓가에 속삭이듯 말했다.

"괜찮아. 글렌 군도…… 늘 진심이었어. 지금은 잠깐 마음이 지친 것뿐. 그래서 조금 약해진 것뿐인걸."

"……네가 그걸 어떻게 아는데?"

"그야 내가 반한 사람인걸."

"……!"

놀라서 굳어버린 글렌에게 세라는 계속 말했다.

"난 이래 보여도 남자를 보는 눈이 있거든? 그런 내가 입만 산 사람한테 반할 리 없잖아? 실제로 이 세계에서도 난 새삼스레 다시 반해버렸는걸. 에헤헤. 이러고 있는 지금도…… 당신이 너무 사랑스러워서 견딜 수가 없다구."

"세, 라……."

"있잖아, 글렌 군. 나…… 당신에게 꼭 전하고 싶은 말이 있어."

글렌의 앞으로 돌아서서 잔잔하고 부드러운 미소를 지은 세라는 그의 눈을 똑바로 바라보며 입을 열었다."

"부디…… 꿈을 좇는 걸 멈추지 마."

그 순간, 글렌은 마치 온몸에 전류가 흐르는 듯한 감각에 사로잡혔다.

직감적으로 이것이 더는 영원히 알 수 없으리라 여겼던 세라의 유언.

잃어버린(Lost), 마지막(last), 말(word)이라는 것을 깨달았기에.

"겨우 말했네. 나, 그때 엄청 걱정했었다? ……글렌 군이 나 때문이 꿈을 이루는 걸 포기하지 않을까 싶어서."

"……."

"있지, 글렌 군. 꿈이란 건 그냥, 꾸고 있기만 해도 돼. 이루지 않아도 돼. 그저 꿈을 향해 나아가는 걸 멈추지만 않으면 돼. 그러다 지칠 땐 잠시 쉬어도 돼. ……하지만 꿈을 좇는 걸 멈추는 건 하면 안 돼. 내가 반했던 건…… 그렇게 늘 꿈을 향해 포기하지 않고 나아가는 당신의 뒷모습이었는걸."

"……."

"거기다 애초에 꿈을 이루는 건 자체는 별것 아니다? 그렇게 꿈을 향해 나아가는 한…… 당신은 이미 그때부터, 처음부터 「정의의 마법사」였으니까.”

“……그런가.”

글렌은 그제야 처음으로 웃을 수 있었다.

“그래. 맞아. 그냥 멈춰 서지 않으면 되는 거였어. 인간이 태어나면서부터 각자의 길을 나아가는 건…… 별반 특별한 일이 아니니까. 누구나 할 수 있고, 하는 게 당연한 일이야. 하지만 그것만으로도…… 이 세상의 모든 인간은 똑같이 「특별한 존재」가 될 수 있어. 처음부터 어렵게 생각할 필요가 없었던 거야.”

그리고 글렌은 천천히 발을 내디뎠다.

세라의 옆을 지나 머나먼 지평선을 향해 걸음을 옮겼다.

자세히 보면 그 앞에는 빛이 있었다.

마치 여명 같은 눈부신 빛이었다.

그 빛이 서서히 강해지자, 황혼이 물러가고 이 물거품 같은 꿈의 세계가 전부 녹아내리기 시작했다.

“……고맙다, 세라. 난 이제 괜찮아.”

“잘 가, 글렌 군. 내가 사랑한 사람.”

세라는 그런 글렌을 따라가지 않았다.

그저 눈물을 흘리며 웃는 모습으로 결코 뒤를 돌아보지 않는 그의 등을 배웅할 뿐이었다.

글렌은 걸었다.

저 끝에 있는 빛을 향해 나아갔다.
돌아보지 않고, 멈춰 서지 않는 동안 둘의 거리는 하염없이 멀어져갔다.
그리고 글렌의 모습이 빛 속으로 점점 사라지기 시작한 순간.

"글렌 군!"

세라가 결국 참지 못하고 그의 이름을 불렀다.
그리고 그럼에도 결코 뒤돌아보지 않는 그의 등을 향해 말했다.

"있잖아, 글렌 군. 만약…… 정말 만약인데. 만약 우리가 언제 어디선가 다시 태어나서 만난다면……! 그때는……!"

"그래. 그때는 반드시……."

조용하지만 강한 의지를 담은 글렌의 대답에, 세라는 눈물로 젖어 있으면서도 최고로 아름다운 미소로 응해주었다.
그리고 그녀의 존재는 마치 이 모든 게 꿈이었던 것처럼 서서히 흐려지며 빛 속으로 사라져갔다.

"……."

글렌은 계속 걸었다.

빛을 향해서.

모든 것이 새하얗게 물들어 갔고.

그리고…….

최종장 THE FOOL HERO

"하아…… 하아…… 헉…… 헉……."

"콜록! 콜록!"

"으으……."

마치 영원처럼 긴 시간 동안 저티스와 사투를 벌였던 시스티나, 루미아, 리엘은 싸움 속에서 한계를 넘어 성장하며 마술사로서의 승화를 이루었다.

하지만 그럼에도 저티스와의 차이는 압도적이었다.

그의 공세를 종이 한 장 차이로 겨우 피하는 게 고작이었다.

너무나도 절망적이고, 너무나도 강대한 적의 존재 앞에서 소녀들의 마음이 마침내 꺾일 뻔한 순간.

파앗!

별안간 지금까지 침묵하고 있었던, 글렌이 안에 들어있는 거대한 결정체가 아무런 전조도 없이 빛나기 시작했다.

“““……?!”””

시스티나도. 루미아도. 리엘도. 남루스도. 적인 저티스마저도.

이 순간, 자신들이 세상의 운명을 건 싸움 중이라는 사실조차 망각한 채 결정체를 주목했다.

‘……설마?’

그런 소녀들의 기대를 배신하지 않고 결정체에 크게 금이 갔고.

쨍그랑!

다음 순간, 산산이 부서지며 사방으로 파편이 튀었다.

“…….”

그리고 그 자리에 서 있던 글렌이 천천히 눈을 떴다.

“서, 선생님!”

“……선생님!”

“글렌!”

“마스터!”

시스티나가, 루미아가, 리엘이, 남루스가 경악과 환희에 뒤섞인 표정으로 외치며 글렌을 향해 날아가려 했다.

"느, 늦었잖아요! 지각이에요! 지각!"

"믿고 있었어요! 선생님이라면 반드시 돌아오실 거라구요!"

"응! 기다렸어!"

"진짜 당신이란 인간은…… 사람 간 졸이게 하지 말라구!"

"글레에에에에에에에에에에에에엔!"

하지만 그런 소녀들을 가뿐히 제치고 먼저 날아든 자가 있었다.

저티스였다.

"하하하하, 하하하하하하하하하하하하하하하하하하하하! 그래! 이래야지! 역시 넌 날 실망시키지 않아! 네가 이런 데서 끝날 리가 없잖아? 내 계산대로라면 네가 돌아올 확률은…… 한없이 제로에 가까웠지만! 그래도 넌 변함없이 내 계산을 가볍게 뛰어넘어줬어! 역시 너야! 너뿐이야! 너만은…… 내가 직접 쓰러트려야만 해! 너야말로 내가 뛰어넘어야 할 최고이자, 최대이자, 최강의 운명의 벽이니까! 하하하하하하하하하하하하하하하하하하하하하하하!"

소녀들보다 훨씬 기쁜 표정으로.

소녀들보다 훨씬 빠르게 날아온 저티스는 강대한 마력이 깃든 왼손의 아다만타이트 검을 겨눈 채 빛의 속도로 돌진했다.

"아아아아아아아! 저티스, 또 너냐아아아아아아아아아!"

그런 저티스를 본 글렌은 진심으로 성가셔하며 무영창으로【익스팅션 레이】를 날렸다.

그렇게 왼손에서 방출된 빛의 충격파를 저티스가 검으로 갈라버렸고, 그 여파와 충격이 주변 공간으로 확산되었다.

"하하하하하하하하하하하하하하하하하하하하하하하하!"

이번에도 아무런 상처도 입히지 못했지만, 충격파에 휩쓸린 저티스의 몸은 멀리 뒤로 날아갔다. 하지만 그 표정은 여전히 환희에 물든 채였다.

"나 원……."

글렌은 그런 저티스를 흘겨보며 짜증스럽게 혀를 찼다.

그리고 뒤늦게 시스티나, 루미아, 리엘, 남루스가 도착했다.

"……왠지 엄청 짜증 나. ……별것 아닌데 왠지 엄청 분해."

시스티나는 게슴츠레한 눈으로 글렌의 오른쪽에 섰다.

"그래도…… 선생님. 정말 다행이에요. 무사히 돌아와주셔서……."

"응. 다행."

루미아는 진심으로 안도한 얼굴로 눈물을 글썽였고, 리엘은 평소와 다름없는 무표정이지만 입가에 살짝 미소를 띤 채 글렌의 왼쪽에 섰다.

"걱정하게 하지 마……. 여자를 이렇게 걱정하게 만들지 말라구, 이 변변찮은 인간……."

한편, 무뚝뚝한 얼굴로 눈물을 글썽이는 요정 사이즈의 남루스도 마치 그곳이 자기가 있어야 할 위치라는 것처럼 글렌의 오른쪽 어깨에 사뿐 내려앉았다.

그런 그녀들을 차례대로 돌아본 글렌이 곧 입가를 끌어올렸다.

"미안……. 걱정 끼쳐서. 하지만…… 이젠 괜찮아."

"서, 선생님?"

시스티나는 무심코 눈을 깜빡였다.

왠지 분위기가 평소와 전혀 달랐기 때문이다.

겉모습은 글렌인데, 내용물도 틀림없는 글렌인데.

마치 무거운 짐을 내려놓은 것처럼. 마치 초원을 시원하게 가로지르는 한 줄기 바람처럼.

마치 긴 수행 끝에 깨달음을 얻은 현자처럼.

분명 뭔가가, 어딘가가 확실하게 변해 있었다.

"고맙다, 다들."

"예?"

"꿈속에서…… 계속 보고 있었어. 내가 이렇게 돌아올 수 있었던 건 너희가 필사적으로 싸워준 덕분이야. 그걸로 내가 나아가야 할 길을 보여준 덕분이야. 난 교사고 너희는 제자지만, 이번에는 내가 너희들한테 배웠어. 이제 괜찮아. 난, 이제 더는 길을 잃지 않을 테니까."

글렌은 천천히 걸음을 옮겼다.

무한히 펼쳐진 우주 같은 공간을, 아무것도 없는 허공 위를 느리지만 분명하게 걷기 시작했다.

그 너머에서 느긋하게 기다리고 있는 저티스를 향해.

그리고.

"저티스……."

"왜……? 글렌."

모두가 지켜보는 가운데, 두 남자가 다시 정면으로 대치했다.

둘은 한동안 말없이 서로를 노려보았다.

그러나 둘은 숙적, 불구대천의 원수다.

소녀들은 어느 순간 다시 시작될지 모르는 신의 영역에 도달한 자들의 사투를 조마조마한 심정으로 기다렸다.

"고맙다……."

하지만 돌아온 것은 전혀 예상치도 못한 말이었다.

"착각하진 마라……? 난 여전히 네가 딱 질색이고, 역겹고, 지금 당장에라도 죽여버리고 싶어. 넌 세라의 원수니까. 널 증오하는 건 거짓 없는 진실이야. 덕분에 지금까지 실컷 고생했으니 무슨 일이 있어도 너만은 절대로 용서 안 해. 하지만 말이다. 그런데도…… 너 때문에 꾼 꿈 덕분에 답을 찾은 건 부정할 수 없는 사실이야. 그러니 그건 고맙다고 해둘게. 딱 그것까지지만."

"아무래도 굉장히 좋은 꿈을 꾼 모양이네? 글렌."

"그래. 덕분에 참 시시한 꿈을 꿨지."

어깨를 으쓱인 저티스는 뜻밖에도 평소와 달리 무던하게 미소 지었다.

"난 이 【빛나는 트라페조헤드론】으로 네가 무슨 꿈을 꾼 건지는 몰라. 하지만…… 대충 예상은 가네. 지금 넌 굉장히 좋은 얼굴을 하고 있거든."

"닥쳐. 이래 봬도 지금 널 어떻게 죽일지 고민하는 얼굴이니까."

"하하하, 하긴 그런 걸지도. 아~ 무서워라 무서워. 그래도…… 좋은 얼굴이야."

글렌이 조용히 투지를 불태우는 한편, 저티스는 한없이 여유 있는 표정으로 웃었다.

아니, 이건 여유라기보다 **기대감**이리라.

"그래서……? 글렌. 이번엔 나와 진심으로 싸워줄 거야?"

"그래. 귀찮지만…… 진심으로 싸워주마. 난……「정의의 마법사」니까. 예나 지금이나, 그리고 앞으로도!"

아무런 사감 없이 그렇게 선언한 글렌은 셔츠 앞주머니에서 뭔가를 꺼내 들었다.

그의 마술사로서의 상징인 광대 아르카나를.

「한 여행자가 앞장선 아기 고양이, 옆에 바짝 붙어서 걸어가는 강아지, 어깨에 매달린 아기 다람쥐와 세계를 여행한다」라는 익숙한 그림의 아르카나를 든 글렌은 조용히 주문을 영창하기 시작했다.

그리고 있는 그대로의 내면을 그대로 주문으로, 마술로 승화시켰다.

자신의 오리지널 【광대의 세계】를 변화시키기 위해.

“《나는 지금 진리에 도달한다》.”

“《하나, 그 답은 심원에 있지 않고·보편적이며 범용·이윽고 모든 이가 깨달음에 도달할 길》.”

“《그저 계속 나아가는 것·이를 긍정하는 것》.”

“《그러하면 우리는 모두 특별한 존재에 이를지니》.”

“《나, 그 마음의 영혼의 불변을 여기에 맹세하노라》.”

“……광대 【THE FOOL HERO】!”

그 순간.

아르카나를 든 글렌을 중심으로 마력이 폭발했다.

마치 초신성 같은 빛이 공간 전체를 눈부시게 비추었다.

“서, 선생님?!”

시스티나는 반사적으로 글렌을 부를 수밖에 없었다.

자세히 보면 아르카나의 내용이 바뀌어 있었다.

긴 여행 끝에 무한한 우주를 배경으로 서 있는 거대한 세계수 앞에 도달한 여행자가 그것을 올려다보는 그림으로.

아르카나 넘버가 0에서 21로.

「THE FOOL」이라는 글자가 「THE WORLD Reached By THE FOOL」로.

그리고 한없이 팽창한 마력과 함께 글렌의 존재가 승화되었다.

왼쪽 눈이 진홍색으로.

그리고 그 왼쪽 눈에는『중앙에 눈 같은 도형이 배치된 오망성』같은 기묘한 문양이 떠올라 있었다.

“난…… 이제야 겨우 깨달았어. 「정의의 마법사」라는 게 사실 별것 아니었다는걸. 누구나 될 수 있는 평범한 존재였다는걸. 그러니 난 더 이상 아무런 망설임도, 부끄러움도, 찝찝함도 없이 진심으로 선언할 수 있어. 그래서 이 「하늘」에 도달한 거야. 네가 정의【ABSOLUTE JUSTICE】로 네 규칙을 세계에 강요한다면 난 내 규칙을 나 자신에게 적용하겠어. 광대 【THE FOOL HERO】는 아무것도 바꾸지 않아. 그리고 이 세상에 존재하는 불합리함에 난 굴하지 않겠어. 계속 앞으로 나아가기 위해, 언젠가 도달할 장소에 이르기 위해 난 내 길을 가로막는 모든 불합리함에 굴하지 않겠어. 광대 【THE FOOL HERO】는 그걸 위한 힘이야!"

다시 말해, 그건 저티스가 강요하는 규칙의 부정.

어디까지나 글렌은 자신의 규칙을 관철하며 앞으로 나아갈 뿐이지만, 이젠 그 누구도 그런 글렌에게 간섭할 수 없다.

글렌의 마술특성(퍼스널리티) 『변화의 정체·정지』를 궁극의 영역으로 승화시킨 오리지널이자, 마침내 개안하고 도달한 그의 「하늘」.

계속 앞으로 나아가기 위한, **변화를 위한 불변**.

즉, 궁극의 무효화 마술이었다.

그리고 그 모습을 지켜본 시스티나는 확신했다.

'호각! 지금 선생님은 저티스와 같은 경지에 도달하신 거야!'

둘의 「하늘」은 서로 닮았지만, 정반대의 개념이었다.

한쪽은 자신의 절대적인 규칙을 세상에 강요하는 「하늘」.

다른 한쪽은 자신에게 절대적인 불변의 규칙을 맹세하는 「하늘」.

즉, 완전히 모순된 개념이기에 서로 상쇄될 수 있을 터.

시천신비로 공천신비를 상쇄한 것처럼.

【THE FOOL HERO】는 그보다 더 높은 영역에서 【ABSOLUTE JUSTICE】를 상쇄하리라.

만약 그런 저 둘이 격돌한다면.

'남은 건 단순한 힘과 힘의 대결! 승부를 판가름하는 건…… 결국 마술사로서의 경지겠지!'

이제 곧 결판이 나리라.

누가 이길지는 아직 알 수 없지만, 그건 틀림없었다.

이 기나긴 숙명의 대결에 마침내 종지부를 찍을 순간이 온 것이다.

한편, 저티스도 승화를 이룬 글렌을 보고 이해했다.

자신의 절대적인 우위가 완전히 무너졌음을.

백 퍼센트의 승률이었던 승부의 행방이 더 이상 계산할 수 없는 영역으로 넘어갔음을.

"뭐, 상대가 너라면 백 퍼센트라는 수치도 전혀 안심할 수 없지만 말이지!"

하지만 저티스의 여유 있는 태도는 여전했다.

아니, 오히려 지금 이 순간만을 기다려왔다는 듯한 차분한 표정으로 글렌을 향해 축하의 말을 건넸다.

"역시, 너야."

그리고 양손으로 주위에 파라 에테리온을 뿌려 최대한 많은 천사를 소환했다.

"이번에야말로 전력을 다할게. 내 모든 걸 걸고 널 쓰러트리겠어. 그리고 마침내 난 널 넘어서는 거야.”

“닥쳐. 나야말로 내 모든 걸 걸고 너만은 여기서 반드시 해치워주마.”

그렇게 대답한 글렌은 자못 자연스러운 움직임으로, 마치 이렇게 될 줄 알았다는 것처럼 허리춤에 찬 도를 뽑아 들었다.

마황인장이 글렌에게 맡긴 도검 《올바른 칼날(아르 칸)》이다.

이유는 알 수 없었다. 하지만 지금은 이걸 꺼내는 게 당연하다는 본능적인 확신이 있었다.

그와 동시에 왼쪽 눈의 별이 타오르며 《아르 칸》에 마력을 자동으로 주입하자, 그 칼날에 새겨진 문장 「나, 신을 참획한 자」가 새하얗게 빛나기 시작했다.

‘……신기하네.’

바로 조금 전까지만 해도 아무런 힘의 편린도 느껴지지 않는, 그저 우주에서 가장 단단할 뿐인 검이었는데 이제는 어마어마한 힘이 느껴지고 있었다.

마황인장 아르 칸의 쌍마도 《위 자이어》와 《소 루트》.

기이하게도 글렌의 오리지널 【광대의 세계】, 【페네트레이터】와 근본적인 성질이 통하는 데가 있는 쌍마도의 규격을 벗어난 능력.

그것들이 더욱 더 강해진 힘이 이 《아르칸》에서 느껴졌다.

이 검이라면 진심으로 신조차 베어버릴 수 있을 것 같았다.

‘아니, 애당초 이 검은…… 혹시 내 오리지널 【광대의 세계】와

【페네트레이터】를 승화시킨 끝에 있는 궁극의 도달점 아냐?'

어째선지 그런 생각도 들었다.

당연히 말도 안 되는 추측이었다. 창조된 시간대가 완전히 모순되어 있으니까.

하지만 그런 생각이 들 정도로 이 《아르 칸》에서는 손에 착 감기는 듯한 익숙함이 느껴졌다.

오히려 이렇게 자신의 손에 들려 있는 게 가장 자연스러운 상태가 아닌가 싶을 정도로.

오랜 세월 동안 함께 싸워온 전우 같은, 처음부터 **자신의 것**이었던 것 같은 기분이 들었다.

이 검이 대체 왜 【THE FOOL HERO】를 각성하는 것과 동시에 진정한 힘을 드러낸 건지는 아직 알 수 없었다.

하지만 지금은 그저 감사할 따름이다. 아끼지 말고 마음껏 써주도록 하자.

"……결국 이 검은 뭐였던 걸까."

"언젠간 알 수 있지 않을까? 뭐, 이 싸움에서 이긴다면 말이지만."

저티스도 왼손을 내밀었다.

그러자 아다만타이트로 이루어진 팔이 검으로 변하며 그 칼날에 새겨진 문장 「나, 신을 참획하기를 바라는 자」가 새빨갛게 빛나기 시작했다.

"저티스, 너. 그 검은……."

"흐음…… 뭐, 굳이 명명하자면 《바로잡는 칼날(아르 카인)》이려나? 네가 그 검을 쓴다면 나도 오랜 세월 동안 단련해온 이 검의 진정한 힘을 해방해야 할 것 같았거든."

그런 두 사람의 대화를 들은 시스티나는 아연실색할 수밖에 없었다.

'아직도 저런 힘을 숨기고 있었던 거야?! 저 인간은 대체 어디까지…… 아니, 그보다 지금까지 저런 힘을 숨기고 있었다는 건……!'

답은 명백하다. **기다리고 있었던 거다.**

말로는 이러쿵저러쿵해도 저티스 역시 자신들처럼 글렌을 믿고 기다렸다는 뜻이다.

목적을 달성하는 것뿐이라면 처음부터 저 검의 진정한 힘을 써서 자신들을 단칼에 베어버리면 그만이었을 테니까.

'저티스…… 당신은 대체 왜 그렇게까지 선생님을…….'

반드시 해치워야 할 세계의 적인데도.

지금 이 순간, 시스티나는 저티스에게서 왠지 모를 친근감을 느꼈다.

그런 이해할 수 없는 감정에 사로잡혀 당혹스러워하는 가운데, 글렌이 이쪽으로 말을 걸었다.

"시스티나, 루미아, 리엘…… 가자."

"……!"

"……여기서 끝을 보자. 알겠지?"

"아, 예!"

"그러죠!"

"……응!"

시스티나, 루미아, 리엘은 글렌을 중심으로 저티스를 향해 전투태세를 취했다.

"……어서 덤벼 봐! 이번에야말로 결판을 내자!"

저티스가 양팔을 펼치며 노려보는 것을 신호로 그들의 마지막 싸움이 시작되었다.

————.

"저티스으으으으으으으으으으!"

"글레에에에에에에에에엔!"

세상 끝에서 글렌과 저티스가 서로 검을 든 채 지근거리에서 격돌했다.

위에서 직선으로 내리치는 글렌의 검.

아래에서 올려 치는 저티스의 검.

두 검이 충돌한 순간, 그 한 점에서 마치 초신성 폭발 같은 빛과 충격파가 발생해 우주 저편까지 퍼져나갔다.

"……!"

"치잇……!"

그 충격 때문에 서로 저 멀리 튕겨 날아갔지만, 곧 빛의 속도로 다시 날아와 다시 검을 휘둘렀다.

이번에는 글렌이 아래쪽에서 호선을 그리며 검을 올려 쳤고, 저티스는 아득히 먼 위에서부터 벼락처럼 검을 내리쳤다.

그러자 또다시 발생한 초신성 폭발.

섬광과 충격이 세상과 공간과 차원을 뒤흔들었다.

다시 뒤로 밀려난 둘은 우주 공간을 종횡무진 날아다니다 이윽고 다시 충돌했다.

검과 검이 맞부딪힐 때마다 발생하는 초신성 폭발.

둘은 마치 밤하늘을 자유자재로 질주하는 유성처럼 몇 번이나 부딪히며 그야말로 신의 영역에 도달한 공중전을 거듭했다.

"……저티스!"

"글렌……!"

둘은 빛의 속도로 서로의 뒤를 잡기 위해 이리저리 날아다니며 계속해서 참격을 주고받았다.

하지만 아이러니하게도 여기까지 와서, 이 정상 결전에서, 최강의 마술사 간의 최종 결전에서.

둘은 마술을 거의 쓰지 않게 되었다.

시간 조작도, 공간 조작도, 운명 조작도, 인과율 조작도, 과거 개편도, 미래 예지도, 은하를 파괴하는 초월적인 힘을 행사하지도, 사신을 소환해서 부리지도 않았다.

의미가 없기 때문이다.

글렌의 【THE FOOL HERO】.

그리고 저티스의 【ABSOLUTE JUSTICE】.

그들이 도달한 지고의 「하늘」 앞에서 모든 마술과 마도는 이미 아무런 의미도 갖지 못했다.

모든 신비가, 능력이 단순히 이 전장에 개입할 수 없는 잔재주로 몰락했기 때문이다.

그리고 서로에게 치명타가 될 수 있는 수단은 글렌의 《아르 칸》과 저티스의 《아르 카인》— 기나긴 여정과 갈등 끝에 손에 넣은 그들의 존재를 상징하는 검뿐.

그러하기에 둘은 검으로만 계속 싸웠다.

서로 밤하늘에서 떨어지는 한 줄기 유성이 되어 허공을 종횡무진 날아다니며 검과 검을 맞부딪혔다.

격돌할 때마다 초신성 폭발을 발생시키는 그들은 이미 인간의 몸으로 신의 영역에 도달했다고 할 수 있으리라.

폭발.

폭발.

폭발. 폭발. 폭발.

그때마다 동시에 세계도 비명을 질렀다.

"호각……! 아직까진 호각이야!"

그런 그들의, 마치 천지개벽의 순간 같은 전투를 멀리서 지켜보던 남루스가 입을 열었다.

"지금 저 둘은 저 아득한 하늘 끝을 넘어선 영역에서 호각…… 완전히 대등한 상태…… 승패는 깃털 한 장 차이로 기울 거야. 다들, 내가 무슨 말을 하고 싶은지 알겠지?"

"응. 알아."

시스티나는 남루스에게 대답하며 위를 올려다보았다.

그곳에는 저티스가 소환한 대량의 천사군단이 하늘을 가득 채우고 있었다.

그 수는 수천? 아니 수만? 혹은 그 이상일지도.

대치한 이들을 절로 절망에 빠트리게 하는 압도적인 물량이었다.

"우린 저 싸움에 낄 수 없지만…… 그래도 저 천사들을 붙잡아두는 건 가능해! 선생님을 방해하지 못하게 할 수 있어! 저 천사들은 저티스의 툴파…… 즉, 그의 페르소나 같은 존재! 저티스의 【ABSOLUTE JUSTICE】 사거리에 들어가면 선생님께 간섭할 수 있을 거야. 그러니 어떻게든 우리가 저것들을 해치워야 해!"

"그래, 해보자! 시스티!"

"응!"

"한 마리라도 놓쳐서 글렌에게 접근하면 바로 게임오버…… 지금이 당신들이 나설 차례야! 자, 시작하자!"

다음 순간, 시스티나와 루미아와 리엘도 유성이 되어 눈앞에 있는 천사들을 향해 일직선으로 돌진했다.

"《Iya, Ithaqua》!"

"힘을 빌려줘! 《우리들의 열쇠》!"

"【데이브레이크 링크·신역】 이야아아아아아아아아앗!"

차원과 별들 사이를 뛰어넘은 빛의 바람이.

시간과 공간조차 왜곡하는 블랙홀이.

모든 개념과 운명을 베어버리는 눈부신 은색 참격이.

그렇게 압도적인 물량으로 짓쳐드는 천사들을 정면에서 날려버리기 시작했다.

————.

싸우고 있다.

글렌과 저티스가.

시스티나, 루미아, 리엘이.

세상 끝에서, 온몸의 체모가 곤두설 듯한 무시무시한 신의 영역에서 격전을 거듭하고 있었다.

“하아아아아아아아아아아아앗!”

시스티나의 빛나는 바람이 천사들을 날려버리고.

“……아직, 멀었어!”

루미아의 공간 조작과 시간 조작으로 발생한 차원의 틈새 너머로 천사들을 추방시키고.

“이이야아아아아아아아아아아아아아아압!”

리엘이 날린 은색 검광이 수많은 천사들을 베어넘겼다.

제각기 다른 무지막지한 힘이 대열을 짠 채 맹렬히 날아오는 천사들을 막고, 쓸어버리고, 밀어붙이고 있었다.

「하늘」에 도달한 저티스가 소환한 천사들은 그 하나하나가 무시무시한 힘을 지닌 괴물이다. 하위급 외우주의 사신(아우터 갓), 어쩌면 옛 지배자(그레이트 올드원)급일지도 몰랐다.

소녀들은 그런 천사들을 고작 셋이서 막아서고 있는 것이다.

“……안 되겠어!”

하지만 루미아는 열쇠를 휘두르며 신음을 삼켰다.

"잡아도, 잡아도 끝이 없어! 이대로면 곧 놓치는 천사가 생길 거야!"

"응……! 이대로면 글렌이……!"

이리저리 날아다니며 은색 검광을 날리고 있는 리엘도 사방에서 몰려오는 천사들을 모조리 격추하는 동시에 보기 드문 초조한 표정으로 앓는 소리를 냈다.

"크?!"

시스티나도 빛나는 바람을 천사들을 차원 너머로 날려버리며 이를 악물었다.

확실히 끝이 없었다.

"하하하, 하하하하하하하하하!"

시선을 돌리자 글렌과 싸우는 중인 저티스가 빛의 속도로 날아다니는 궤도를 따라 빛나는 안개 같은 것이 생겨나 있었다.

파라 에테리온 파우더다.

글렌과 싸우면서 뿌리고 있는 것이다.

그러다 보니 시스티나 일행이 아무리 천사들을 해치워도 저 가루를 통해 즉시 재소환되어 전열에 복귀하고 있었다.

"저게 이 무한한 물량의 정체……!"

시스티나는 분한 표정을 지었다.

"……툴파 소환술! 파라 에테리온을 매개로 천사를 생성하는 저런 대마술이 영원히 유지될 리는 없어!"

지금은 글렌이 아니라 시스티나의 어깨에 매달린 남루스가 제안했다.

"시간을 벌어! 저티스의 파라 에테리온이 전부 소진되는 걸 기다리는 거야!"

"조언은 고맙지만, 그건 아니야! 남루스!"

하지만 시스티나는 바로 거절했다.

"저티스의「하늘」에 그런 허술한 틈이 있을 것 같아? 그런 상식은 저 남자의 규칙에 반할 게 뻔해! 저 천사들의 수는 사실상 무한대야!"

"큭! 그럼…… 글렌이 저티스를 해치울 때까지 이대로 계속 싸울 수밖에 없는 거야?"

"으응. 분명 그것도 어려울걸."

시스티나는 글렌과 저티스 쪽으로 살짝 시선을 돌렸다.

"그으으으으으으으을레에에에에에에에에에엔!"

자세히 보면 저티스가 조금씩 글렌을 밀어붙이고 있었다.

이건 둘만의 싸움이지만, 저티스의 뒤에는 【ABSOLUTE JUSTICE】의 힘 그 자체인 여신이 붙어 있기 때문이다.

"……!"

저티스와 일심동체인 여신이 글렌을 향해 검을 내리치는 동시에, 저티스도 칼을 수평으로 휘둘렀다.

완벽한 십자가를 그리는 그 연계 공격을 검으로 막은 글렌은 막대한 충격을 버티지 못하고 빛의 속도로 날아갔다.

그러자 저티스가 크게 웃음을 터트리며 추격했다.

"……맞아. 저티스에겐 저 여신이 있었지!"

"저티스의 「하늘」로 현현한 저 여신은 내 추측으론 자신의 내면을 천사의 형태로 소환하는 말라흐 소환술보다 훨씬 높은 경지에 있는 마술이야! 그러니 사실상 2 대 1! 이대로면 선생님은 못 이겨! 우리가 아무리 천사들을 막아봤자…… 결국 선생님은 저티스에게 지고 만다구!"

시스티나는 이를 악물고 전방을 주시했다.

마치 밤하늘의 별처럼 우주를 가득 메우고 있는 천사들이 사방을 완전히 포위한 상태라 어디에도 돌파구를 찾을 수 없었다.

거기다 설상가상으로 천사들은 지금도 계속 수를 늘리고 있다 보니 시스티나 일행도 어떻게든 버티면서 글렌에게 접근하는 걸 막는 게 한계였다.

"이이이이야아아아아아아압!"

"크윽!"

리엘과 루미아도 필사적으로 싸우고 있지만 천사의 수는 전혀 줄어들 낌새가 없었다.

아니, 오히려 계속 증가했다.

이대로면 글렌과 저티스의 싸움에 결판이 나는 것보다 먼저 자신들이 전멸할지도 모르는 상황이었다.

"크! 어쩌면 좋지? 이걸 어쩌면……."

남루스도 조바심을 드러내며 머리를 감싸 쥐었다.

"이대로면 글렌이! 아아, 내가 예전처럼…… 외우주에 있는 「본체」의 힘을 쓸 수만 있다면!"

하지만 지금 없는 걸 탓해봤자 어쩔 수 있으랴.

이런 역경 속에서 겨우 지켜보는 것밖에 할 수 없는 자신의 처지를 원통해하며 이를 악문 순간, 남루스는 불현듯 시스티나의 표정에서 위화감을 느꼈다.

"……시스티나?"

"……."

이렇게 남루스와 대화를 나누는 와중에도 시스티나는 한 순간도 멈추지 않고 싸우고 있었다.

풍계 마술사로서 아득히 높은 경지에 도달한 그녀밖에 쓸 수 없는 최강의 바람을 자유자재로 다루며 천사들을 날려버리고, 쓸어버리고, 찢어버리고 있었다.

지금의 그녀는 그야말로 거친 바람의 화신이자 바람의 신 그 자체나 다름없었다.

하지만 그 정도의 분투를 보이면서도 그녀의 표정은 어째선지 조금 슬퍼 보였다.

"왜 그래? 시스티나."

"어……? 응. 그냥 좀……."

시스티나는 눈앞에서 달려드는 천사들을 거의 보지 않고 있었다.

감각만으로 천사들을 바람으로 쓸어버리며 글렌과 저티스의 싸움에서 시선을 떼지 못했다.

무한한 우주 공간을 무대로 둔은 지금도 유성처럼 종횡무진 날아다니며 공격을 주고받았고, 그때마다 여기저기서 충격파와 폭발이 발생하며 빛을 터트렸다.

그 무시무시한 파괴가 남기는 광경은 무척 환상적이고 아름다웠지만, 동시에.

"왠지…… 쓸쓸해보여서."

"……응?"

전혀 예상치 못한 대답에 남루스는 넋을 잃을 수밖에 없었다.

"쓸쓸해보인다니…… 누가?"

"저티스 말이야. 나도 지금 이 상황에서 무슨 소리를 하는 건가 싶기는 한데……."

이러는 사이에도 천사들을 처리하는 시스티나의 손은 쉴 새 없이 움직이고 있었다.

"솔직히 말하자면…… 저티스는 진짜 대단한 사람이라고 생각해. 인간으로서는 조금도 존경할 수 없지만, 사상 최악의 쓰레기 자식이지만. 우리 입장에선 세계의 적이니까 용서할 생각도, 인정할 생각도 전혀 없지만. 그래도, 마술사로서는 존경할 수밖에 없어. ……같은 마술사로서."

"……."

"저티스가 도달한 「하늘」은, 저 신비는…… 그냥 보고 있으면 감탄밖에 안 나와. 인간이 저런 경지에 도달할 수 있다니…… 지금 이렇게 직접 보고 있어도 믿기지가 않는걸. 저건 이미 하나의 진리. 저티스만의 진리야. 저 사람 대체 어떤 심정으로 저 「하늘」을 만들어낸 걸까? 대체 뭘 이루려고, 뭘 위해 저 「하늘」에 이르는 길을 포기하지 않고 걸어온 거지? 대체 왜 그렇게까지 해서 선생님을…… 뛰어넘고 싶었던 걸까? 난 저티스를 용서 못 해. 선생님과 함께 저티스를 타도하겠다는 각오는 이제 무슨 일이 있어도 절대로 흔들리지 않아. 하지만, 그럼에도 그가 심상치 않은 각오와 노력으로 자신의 「하늘」에 도달했다는 것만은…… 알 수 있어. 그 길이 얼마나 고통스러운 가시밭길이었는지도. 사실 그냥 미친 인간이라서 가능했던 거라고 치부해버리면 그걸로 끝이겠지만…… 그런데도 그는 결국 골에 도달했어! 자신의 여정을 완주해낸 거야! 이건 정말 엄청난 위업이라고! 만약 저티스가 적만 아니었다면 난 감동해서 울어버렸을지도 몰라. 하지만…… 그런 대단한 위업의 결과인데도 대체 왜……."

시스티나는 숨을 한 차례 내쉬고 조용히 숨겨왔던 속마음을 밝혔다.

"어째서…… 저 「하늘」은 저리도 쓸쓸해보이는 걸까……."

────.

"그으으으으을레에에에에에에에에에에에에에엔!"

"치잇!"

유성이 된 저티스가 아득히 먼 위에서 수직으로 급강하하며 검을 내리치자, 글렌은 양손으로 검을 들어 올려서 막아냈다.

맞부딪히는 동시에 재차 발생한 초신성 폭발로 인한 섬광과 충격이 세상 끝까지 퍼져 나갔다.

글렌이 그렇게 저티스에게 계속 밀리며 뒤로 날아간 순간, 저티스의 여신이 빛의 속도로 글렌의 뒤를 점하며 대검을 휘둘렀다.

"크윽?!"

그러자 글렌은 뒤로 회전하며 피하고 그대로 공역을 이탈했다.

"하하하하하하하하하하하하하하하하하하하하하하하하하!"

저티스는 더 빠르게 속도를 내서 추격하며 참격을 난무했다.

여신도 거기에 맞춰 사방에서 글렌을 노리고 날아들었다.

글렌이 몸을 비틀며 검으로 튕겨내고 피해낼 때마다 절규처럼 터지는 폭발과 충격이 차원에 균열을 일으켰다.

"하하하하하하하하! 정말 대단한 검술인걸?"

여신과 함께 치열하게 글렌을 밀어붙이는 저티스가 환희 어린 표정으로 외쳤다.

"알아! 알겠다고, 글렌! 네가 지금 무슨 생각을 하는지! 왜 네가 그 검을 그렇게까지 잘 쓸 수 있는지 궁금하지? 표정만 봐도 알아! 분명 군 시절의 넌 검을 거의 써본 적도 없었을 테니까! 하지만 걱정할 것 없어! 그 검술은…… 틀림없는 너 자신의 것이야! 너 자신이 헤아릴 수조차 없는 많은 싸움 속에서 이뤄낸 결정체라고! 의문을 품을 필요는 없어! 사양하지 말고 전력을 다해 날 죽이려 들어봐! 그런 널 해치우는 것이야말로 가치가 있는 일이니까!"

"계속 쫑알쫑알…… 시끄럽거든?!"

그 순간, 글렌이 온몸의 근육을 쥐어짠 혼신의 일격을 날렸다.

저티스는 자신과 여신의 검을 교차시켜서 막았지만, 충격을 이기지 못하고 날아갔다.

하지만 곧 허공에서 급제동을 걸며 정지했고, 그렇게 둘은 거리를 벌린 채 잠시 싸움을 멈추었다.

"하아! 하아! 헉! 헉!"

글렌은 거칠게 숨을 몰아쉬었다.

"크크크……."

반면에 저티스는 여전히 여유가 넘쳤다.

조금씩이지만, 둘 사이의 균형이 무너지기 시작한 것이다.

"그 상태로 봐선…… 끝이 머지 않은 것 같네."

"헉…… 헉……."

"글렌. 난 우리 둘의 결말을……「읽지 않았어」. 의미가 없으니까."

"하아…… 하아……."

"그러니 방심하지도 않아. 난 마지막까지 전력을 다해, 최선을 다해, 건곤일척의 심정으로, 진심으로, 애정을 담아, 세심하면서도 대담하게, 최대한의 살의와 경의를 담아, 승리를 향한 갈망으로, 절대적으로, 압도적으로, 내 영혼 전부를 쥐어짜 내서, 이 목숨을 걸고…… 널 죽이겠어. 하하하하……하하하하하하하하하하하하하하하하하하하하하하하하하하하!"

크게 웃음을 터트리는 저티스의 몸에서 마력이 용솟음치며 존재감이 더더욱 팽창된 순간, 글렌은 깨달을 수밖에 없었다.

—「이길 수 없다」.

'난, 내 「정의」는 저티스의 「정의」를 이길 수 없어. 이대로는 져. 인간으로서 품은 근본적인 망념의 차이가 너무나도 크니까…….'

이건 이미 확신이었다. 확정된 미래이자 운명이었다.

하지만 세계의 운명을 좌우하는 절망적인 사실 앞에서도 글렌은 흔들리지 않았고, 오히려 무심결에 이런 말을 꺼낼 정도였다.

"저티스. 넌 참…… 외로운 놈이구나."

그러자 저티스가 웃음을 멈추고 글렌을 돌아보았다.

"……뭐가?"

"말 그대로의 뜻이야. 넌 외로운 놈이라고."

"흐응? 혹시 날 동정하려는 거야?"

"누가 너 따윌 동정해. 이 빌어먹을 자식아. 그냥 순수하게 그런 생각이 든 것뿐이라고."

글렌은 코웃음을 쳤다.

"너, 어쩔 건데? 이 싸움에서 이기면. 만약 날 이겼다 치고 네 「정의」의 절대성을 증명한 다음…… 어쩔 거지? 누구에게도 이해받지 못하고, 동반자도 없는 고독한 「정의」를 내세워서 대체 뭘 어쩌려는 건데?"

"훗, 이제 와서 무슨. 시작할 뿐이야. 내 「정의」의 집행을."

"너 혼자서?"

"그래, 맞아. 나 혼자서. 왜냐하면……."

—그 사람도 혼자였으니까.

하지만 그 말은 글렌에게 들리지 않았다.

"……."

"「정의」란 스스로의 내면에 물음을 던지는 특별한 개념, 스스로를 향한 기도이기도 해. 각자의 「정의」야말로 자신에게 있어 절대적이자 유일무이한 것. 그러니 누군가에게 이해를 얻으려 할 필요는 없지. 동반자도 필요 없어. 협력도 찬성도 필요 없어. 필요 없다고. 그런 건 아무 짝에도 쓸모가 없는 거야, 글렌."

"정말…… 그렇게 생각해?"

슬쩍 입을 다문 저티스에게 글렌은 조금씩 생각을 정리하며 말을 건넸다.

"분명 정의는 사람마다 달라. 두 명이 있으면 정의도 두 개가 생겨나고…… 그럼 당연히 언젠가 충돌할 때도 있겠지. 그렇게 보면 정의라는 건 이 세상에서 절대로 공존할 수 없는 개념처럼 느껴지기도 하지만…… 정말 그럴까? 그것뿐? 겨우 그 정도? 이 세상에 만약 완벽한 정의가 존재한다고 해도…… 그게 정말로 유일무이한 것일까? 정점에 오를 수 있는 게 단 한 명뿐이라고?「정의의 마법사」라는 건…… 나는……."

"적어도."

그러자 저티스는 씨익 웃으며 글렌의 말허리를 끊었다.

"여기서 나와 네가 손을 잡는 가능성은 미래영겁 존재하지 않아. 안 그래?"

"……그래. 그건 네 말이 맞아."

"끝을 내자, 글렌. 나와 너, 둘 중 누가 진정한「정의의 마법사」에 어울리는지…… 마술사의 방식대로 결판을 내보자고."

그렇게 선언한 저티스는 마력을 끌어올렸다.

한없이, 끝없이, 무한에 가깝게.

지금의 저티스는 이미 신이나 다름없었다.

인간의 몸으로 신을 죽일 수 있는 신이 된 것이다.

그 모습을 지켜보던 글렌은 불쑥 이런 말을 꺼냈다.

"하지만 결론만 놓고 말하자면…… 내가 졌어."

그 말을 들은 저티스의 눈썹이 꿈틀거렸다.

"네가 이겼어, 저티스. 기뻐해."

"……너답지 않네, 글렌. 넌 언제 어느 때나 앞만 바라보고 포기하지 않는 남자 아니었어? 그게 네가 생각하는 「정의의 마법사」잖아?"

"그것도 한도가 있으니까."

글렌은 어깨를 으쓱였다.

"넌 진심으로 질색이고 당장 죽여버리고 싶을 정도지만. 네가 엄청나게 대단한 놈이라는 건…… 부정할 수 없지. 인정해줄게. 용케도 혼자 힘으로, 자신의 정의만 믿고 그 경지까지 도달했군. 아무리 차원수가 넓다지만, 수없이 많은 이 세계 전체에서 거기까지 도달한 건 과거와 현재와 미래를 통틀어서 너뿐일 거다. 그래, 내가 졌어. 난 널 못 이겨. 마술사의 방식으로 「정의의 마법사」를 논한다면…… 넌 이 세계에서 유일무이한 최강의 「절대적인 정의의 마법사(ABSOLUTE JUSTICE)」야. 솔직히 안 내키지만…… 그건 인정해주마."

"글렌……."

"하지만 말이다? 넌 작은 착각을 하나 하고 있어."

"호오? 착각이라고? 대체 뭘? 후학을 위해서라도 부디 꼭 좀 가르쳐줄래?"

"그래, 가르쳐주고말고."

글렌은 다시 검을 겨누었다.

"난…… 교사니까."

"하하하하하하! 아, 그러십니까? 그럼 아무쪼록 지도 편달을 부탁드리지요, 선생님!"

그 말에 반응하듯 저티스의 뒤에 있는 여신도 대검을 세워 들었다.

그렇게 다시 서로의 마력을 한계까지 끌어올린 순간, 아득히 넓은 우주 공간에서 전투가 재개되었다.

————.

세상 끝에서 두 마술사가 격돌하고 있다.

유성이 돼서 격렬하게 교차하고 참격을 나누며 서로의 힘을 겨루고 있다.

시간의 흐름조차 모호하게 느껴지는 무한한 공간에서 기나긴 싸움을 벌이던 어느 순간.

마침내 전투의 균형이 무너지기 시작했다.

영원처럼 느껴졌던 기나긴 싸움 속에서 결국 먼저 힘이 떨어진 글렌을 저티스가 압도했다.

'……이길 수 있어.'

계산하지 않아도 알 수 있었다.

드디어 고대하던 순간이 찾아온 것이다.

마침내 글렌에게 이기는 순간이.

자신이 글렌을 뛰어넘는 순간이.

'드디어…… 이길 수 있어! 마침내 이길 수 있어! 내가 널 이겨! 이기는 거야!'

저티스는 불현듯 떠올렸다.

원초의 결심을. 이 영원처럼 긴 여정의 시작을.

자신이 「정의의 마법사」가 되기로 한 계기를.

자신과, 어느 「정의의 마법사」와의 만남을.

'잊을 수도 없지. 처음으로 「그」와 만난 건…… 어느 세계의, 시골 마을의 한 광장…… 그 마을을 상징하는 『정의의 여신(레이디 저스티스)』상 밑에서. 마지막으로 「그」를 만난 건…… 그 세계가 아득히 먼 하늘 너머에서 찾아온 사악한 존재에 의해 멸망하고…… 마지막 생존자인 나만이라도 살리려고 「그」가 혼자서 싸웠던, 그 지옥의 밑바닥 같은 전장 속……. 난…… 「그」를 지켜보고 있었어!'

과거에 저티스가 태어나고 자란, 이곳이 아닌 세계에서.

이 세상의 모든 사악함을 응축한 듯한 진정한 악의의 화신인 존재를 상대로 「그」는 혼자서 맞서 싸웠다.

그 모습은. 그 뒷모습은 마치.

이 세상 모든 인간의 절실한 소망을 짊어진 것 같은.

포악하기 짝이 없는 악에게 저항하는 인간의 의지 같은, 긍지 같은.

불합리함에 저항하는 인간의 의지를 체현하는 것 같은, 희망 같은.

한없이 숭고하고, 긍지 있고, 아름다운…… 자신이 「그」와 같은 인간이라는 사실이 자랑스럽게 느껴지는 그는 그만큼 고결하고 눈부신 존재였다.

'그래서 동경했어. 눈물이 날 정도로 감동했어. 저것이 앞으로 내가 내 모든 것을 걸고 목표로 삼아야 할 모습이라고, 그러기 위해 나 혼자만 그 세계에서 살아남은 거라는…… 운명을 느낄 수밖에 없었어. 이 세상에서 사악한 존재에게 맞서 싸울 수 있는 건 인간뿐이야. 인간만이 불합리함에 저항하고, 도전하고, 계속 싸워나갈 수 있어. ……그건 인간에게만 허락된 특권이자 존재 의의. 인간만이 스스로가 믿는 정의에 준거해 타인을 깔아뭉개는 걸 옳은 일이라 여길 수 있는 선택받은 생물이니까. 인간이 투쟁하는 건 거기서 얻는 기쁨 때문도 타인을 유린하는 데서 얻는 유열 때문도 아니고, 타인에게서 빼앗아 욕망을 채우기 위해서도, 약자를 짓밟는 것으로 우월감을 느끼기 위해서도 아니야.

그것이 인간의 의무이자 사명이기 때문이지. 「그」는 그런 「인간다움」의 정점에 있는 존재이자 체현자였어.'

「그」는 저티스에게 있어 완벽한 존재였다.
신자가 하늘에 계신 위대한 주를 신앙하는 것처럼.
저티스는 「정의의 마법사」를 신앙했다.

'하지만 유감스러운 건…… 「그」는 결국 패배하고 말았어. 내가 살던 세계를 멸망시킨 그 진정으로 사악한 존재에게…….'

그렇다. 그런 까닭에.
「그」는 저티스에게 있어 완벽한 존재인 동시에, 넘어야만 할 벽이었다.
「그」의 삶을 실천하는 자신이 「그」를 뛰어넘어서 그의 삶이 옳다는 것을 증명해야만 했다.
「그」의 삶이 저티스에게 있어선 완벽한 것이었기에, 그걸 부정하는 건 참을 수 없었다. 용서할 수 없었다.

'그 진정으로 사악한 존재는…… 「그」를 모욕했어! 인간의 절실한 소망에 응해서 마지막까지 싸워온 그 「정의의 마법사」의 삶을…… 우스꽝스럽다고 폄훼했어. 불합리함 그 자체인 존재가 인간의 긍지를 불합리하게 비웃다니! 용서 못 해.

용서 못 해. 절대로 용서할 수 없어. 「그」를 모욕하는 건 이 우주에 존재하는 모든 인간을 모욕한 것이나 다름없어. 「그」를 신앙하는 이 나에게 침을 내뱉는 짓이나 다름없어. 그러니 용서 못 해. 내 모든 긍지와 존엄을 걸고 절대로 용서할 수 없다고!'

그러하기에.

'내가 「그」 대신 「정의의 마법사」가 되겠어! 그를 뛰어넘는 「정의의 마법사」가! 「그」를 무시한 그 역겨운 존재를 죽여버리기 위해! 원통하게 패배한 「그」의 모든 명예와 긍지와 존엄을 지키기 위해! 난 혼자서 「그」를 뛰어넘어야만 해!'

그렇다. 혼자서.
혼자가 아니면 의미가 없었다.
그 이유는—.

———.

—외롭진 않아? 돌아가고 싶지 않아?
—그러게. ……솔직히 돌아가고 싶긴 해.

————.

'그것만이…… 모든 면에서 완벽한 「정의의 마법사」였던 「그」의 유일한 빈틈이자, 약점이었으니까! 그렇다면 난 그 약점조차 버린 진정으로 완벽한 정의의 마법사가 되겠어! 「그」 대신 「그」를 뛰어넘는 「정의의 마법사」가 될 거라고!'

그걸 위해 저티스는 여태껏 달려올 수 있었다.

물론 너무 아득할 정도로 멀어서 제대로 보이지조차 않는 목표라 대체 어디로 나아가야 할지 몰라 헤맸던 시기도 있었다.

마침 이쪽 세계로 와서 제국군의 마도사로 활동했을 때가 딱 그러했다.

하지만 확신은 있었다.

언젠가 자신이 올바른 방향을 찾아서 그쪽으로 나아갈 수 있을 거라는 예감과 확신이 있었다.

그리고 실제로 그렇게 되었다.

마치 미리 정해진 레일 위를 달릴 수밖에 없는 열차처럼 말이다.

'아니, 분하지만…… 난 열차가 맞아. 정해진 운명의 레일 위밖에 달릴 수 없는 우스꽝스럽고 불쌍한 열차지. ……그건 어쩔 수 없어. 그것에 저항하는 무의식이, 조금이라도 미래를 관측하고 예상하고 계산해서 개입하려는 게 내 오리지널이라는 사실이 뼈저리게 증명하고 있으니까. 그런데 말이다? 아무리 미리 정해져 있는 운명의 레일이라고 해도 몇 번이나, 몇십 번이나, 몇백 번이나, 몇천 번이나, 몇만 번이나, 몇억 번이나 반복해서 달리다 보면 반드시 언젠가 탈선할 수밖에 없어. 그건 기적도 뭣도 아닌 필연. 단순한 이 세계의 진리. 그리고 지금이…… 바로 그 순간이고.'

그리고 저티스는 글렌을 쳐다보았다.

지금 이 순간, 서로의 모든 것을 걸고 검격을 주고받는 상대를 바라보았다.

일격마다 초신성 폭발을 방불케 하는 충격파를 흩뿌리면서 격전을 벌이고 있는 호적수를 보았다.

'그러니 남은 건 「너」야…… 너뿐이라고! 너를 죽이는 것으로써 난 모든 걸 이뤄낼 수 있어! 내가…… 진정한 「정의의 마법사」가…… 되는 거야!'

영원 같았던 싸움 도중에 생겨난 절호의 찬스에 저티스는 필살의 기백을 담아 검을 휘둘렀다.

최고의, 지고의, 최대의, 신의 영역에 도달한 세로 베기를 날리는 동시에, 여신도 타이밍을 맞춰 가로 베기를 날렸다.
그리고 광속에 달한 그 두 참격이 겹치는 점에서 단순히 물리적 충격만으로 공간이 뒤틀리는 저티스의 공격을—.

"……!"

글렌은 피할 수 없었다. 피할 수 있을 리 없었다.
저 공격은 완벽했다. 저티스가 지금 펼칠 수 있는 최고의 일격이었다.
저티스의 참격은 간신히 막아냈다 쳐도 여신의 참격은 막을 수 없다.
반대로 여신의 참격은 막아내도 저티스의 공격은 막을 수 없다.

"그으으으으을레에에에에에에에에에에에에에에에에엔!"

귀기어린 저티스가 영혼을 담아 펼친 혼신의 일격 앞에서.
글렌은 결국 여신의 공격을 막기로 결정했다.

"우오오오오오오오오오오오오오오오오오오오오오오오오오!"

정면에서 맞부딪히는 검과 검.

무지막지한 폭발을 흩뿌리며 여신의 검을 막아냈지만, 이것으로 끝.

이 찰나의, 나유타(那由他)의 순간에 저티스가 날린 검을 막아낼 수단이 없었다.

시간을 멈추는 것도, 되돌리는 것도, 공간을 도약하는 것도, 존재의 위상차원을 어긋나게 하는 것도 불가능했다.

승부가 정해진 것이다.

저티스의 승리. 글렌의 패배였다.

"하아아아아아아아아아아아아아아아아아아아아아아아아아!"

저티스가 날린 혼신의, 최후의 일격이 글렌을 향해 내려온다.

저티스의 검이 글렌에게 닿는 바로 그 순간.

"선생니이이이이이이이이이이이이이이이이이이이이이임!"

절대로 들릴 리 없는 목소리가 저티스의 귀에, 글렌의 귀에 닿았다.

———.

조금 전.

"방법은…… 있어."

계속되는 전투 중에 남루스가 흘린 말을 들은 시스티나 일행은 자신의 귀를 의심했다.

"있어?! 왜 그걸 처음부터 안 말한 건데!"

"시끄러워! 어쩔 수 없잖아! 솔직히 내가 생각해도 진짜 말도 안 되는 방법인걸! 정말로 가능할지도 알 수 없고! 애초에 글렌이 저런 영역에 도달한 것 자체가 예상하지도 못한 일이었다구! 그러니 지금 이 순간까지 전혀 떠올리지도 못한 게 당연하잖아! 문제 있어?!"

남루스는 새빨개진 얼굴로 고양이처럼 샤앗! 하고 위협했다.

"잠깐! 지금 둘이서 싸우고 있을 때가 아니잖아!"

"응! 싸우는 건 나빠!"

루미아와 리엘이 천사들과 계속 싸우면서 중재했다.

"큭…… 그래서? 그 방법이라는 게 대체 뭔데?"

시스티나는 바람으로 천사 군단을 밀어붙이며 남루스에게 물었다.

"내가 누군가에게 「베푸는 존재」라는 건 알고 있지?"

"응. 넌 처음부터 그런 식으로 태어났으니까. 하지만 그건……."

"난 신경 안 쓰니까 괜히 배려해줄 필요 없어. 아무튼 그래서 말인데. 난 「베푸는 존재」인 동시에 외우주의 사신 중 하나인 《천공의 타움》의 한쪽인 시간의 천사(라 틸리카). 그런 내가 마스터로서 계약을 맺은 글렌과 나는 일심동체. 내 영혼과 마음은 전부 그의 것인 동시에 그의 영혼과 마음은 내 것이기도 해."

"그건 좀…… 부러울지도."

"다 들리거든? 바보 동생(루미아). 잠시 조용히 해줄래? ……다시 말해, 내가 말하고 싶은 건 글렌이 도달한 경지인 광대 【THE FOOL HERO】의 힘은 내 것이기도 하다는 거야."

"앗! 그, 그럼……."

"설마……?"

시스티나와 루미아의 얼굴이 경악으로 물들었다.

남루스는 그런 둘에게 조용히 고개를 끄덕였다.

"그래, 맞아. 그렇다면 내 《아르스 마그나》로…… 【THE FOOL HERO】를 당신들에게 부여할 수 있을…… 것 같은 기분이…… 든다고나 할까?"

"왜, 왠지 엄청 자신 없이 들리는데?!"

"실제로 없는걸!"

남루스는 울컥해서 소리쳤다.

"그야 저티스의 【ABSOLUTE JUSTICE】만큼은 아니지만 글렌의 【THE FOOL HERO】도 어지간히 정신 나간 마술인걸! 저 신비는 글렌의 영혼이 오랜 여정 끝에 도달한 그만의 신비! 아무리 「베푸는 존재」인 나라지만 그런 걸 정말 당신들이라는 타인에게 부여할 수 있을 거라고 생각해? 어디까지나 이론상 가능할지도 모른다는 것뿐이야! 이건 그냥 도박이라구!"

"그, 그건 그럴지도 모르겠지만……."

"한번…… 시도해볼 수는 없을까?"

말문이 막혀버린 시스티나 대신 루미아가 제안했다.

"안 돼."

하지만 남루스는 속공으로 부정했다.

"잘 봐. 지금 내 꼴이 어떤지."

현재 남루스의 몸은 요정 사이즈였다.

심지어 실체가 존재하지 않는 상태.

도저히 외우주의 사신으로 보이지 않는 연약한 모습이었다.

"루미아. 레 파리아의 본질이 뽑혀나간 당신이라는 존재를 유지하기 위해 난 라 틸리카로서의 본질을 대부분 당신에게 양도했어. 쌍둥이라서 가능했던 방법이지. 하지만 덕분에 지금의 난 이런 빈약한 존재로 전락했어. 이런 상태로 《아르스 마그나》를 시도해보는 건 불가능해. 한 번. 기껏해야 한 번이 한계일 거야. 하물며 정말 성공할 수 있을지도 알 수 없고……

만약 성공한다고 쳐도【THE FOOL HERO】의 힘을 당신들에게 얼마나 흘려줄 수 있을지도 알 수 없어. 아마 천 분의 일? 만 분의 일? 억 분의 일? 거기다 효과가 지속되는 시간은 1초? 일순? 찰나? 아니, 좀 더 짧을지도. 이게 지금 내가 쓸 수 있는 마지막 《아르스 마그나》의 현실이야. 어때? 한심하지?"

"……?!"

시스티나 일행은 입을 다물 수밖에 없었다.

'그리고…… 그 마지막 한 번을 써버린 순간, 난 아마…….'

남루스는 눈을 가늘게 뜨며 속에서 치밀어 오르는 말을 씹어 삼켰다.

굳이 지금 여기서 꺼낼 이유가 없는 말이니까.

애초에 자신은 이 세계에 있어선 안 될 존재다.

그러니 모든 게 자연스러운 형태로 돌아가는 것뿐. **이런 사소한 일**은 미래를 향해 나아가는 눈앞의 소녀들에겐 아무런 관계도 없는 일일 터.

"그래서? 어쩔래. 할 거야 말 거야?"

남루스의 제안에 시스티나와 루미아는 한순간 망설일 수밖에 없었다.

"응. 하자. 시스티나. 루미아."

하지만 리엘은 아무런 망설임도 없이 받아들였다.

"……난 잘 모르겠지만, 방법이 그것밖에 없다면 할 수밖에 없어. 그래도 아마 괜찮을 거야. 분명 전부 다 잘될 거야. 내 감이지만……."

이런 세상 끝에서 세계의 운명을 건 최종 결전을 벌이는 와중에도 여느 때와 다름없는 졸린 듯한 무표정의 리엘을 본 시스티나와 루미아는 절로 웃음이 나올 수밖에 없었다.

"그래. 해보자."

"응. ……매번 겪는 일인걸."

"소, 솔직히 이걸 끝으로 이런 일은 두 번 다시 겪고 싶지 않지만 말이야!"

"안심해……. 이걸로 끝이니까. 응……. 정말로 끝……."

남루스가 시선을 피하며 평소보다 낮은 목소리로 중얼거렸지만, 시스티나와 루미아는 눈치채지 못했다.

그나마 리엘이 의아한 듯 고개를 갸웃거릴 뿐이었다.

"시작하자. 준비는 됐어?"

그러자 남루스는 얼버무리듯 재촉했다.

"시스티나. 타이밍은 당신이 지시해. 난 그 지시에 따라 진짜 마지막 《아르스 마그나》를 발동할 테니까."

"……알았어."

시스티나는 루미아와 리엘에게 전선을 맡기고 이탈해 글렌과 저티스의 전투에 주목했다.

글렌과 저티스. 그 둘이 무한한 우주를 무대로 광속으로 질주하며 검격을 나누는 모습은 도저히 자신들이 개입할 수 있는 차원의 것이 아니었다.

'그래도 난…… 조금이지만 알 것 같아.'

아무리 높은 경지에 도달했어도.

싸우고 있는 건 글렌. 시스티나의 스승이다.

그에게선 정말 많은 것을 배웠다. 마술뿐만이 아니다.

그중에는 전투의 호흡이라는 개념도 있었다.

확실히 지금의 글렌은 전혀 자신의 손이 닿지 않는 차원의 영역에 있었지만.

하지만. 그럼에도.

전투의 호흡 자체는 자신이 줄곧 그에게 배워온 권투의 호흡과 전혀 다르지 않다는 것을 확연히 알 수 있었다.

그야 당연했다. 지금 저기서 싸우고 있는 건 글렌. 시스티나가 세상에서 가장 경애하는 스승이었으므로.

'지켜보자. 끝까지 지켜보는 거야! 선생님의 움직임을! 전투의 추세가 기우는 분수령…… 공방이 교체되는 경계를! 생사를 가르는 사선을!'

두 사람의 전투에 집중하는 시스티나는 당연히 무방비한 상태가 될 수밖에 없었고, 그 틈을 노린 천사들이 쇄도했다.

"어딜 감히!"

"이이이이야아아아아아아아아아아아아아아아아아아아압!"

하지만 루미아와 리엘이 공간 왜곡과 은색 검광을 펼치며 그런 시스티나의 몸을 지켰다.

'아직이야! 아직……!'

시스티나는 집중하고 또 집중했다.

걸음을 멈추고, 내면의 바람을 끌어올리며 오로지 글렌의 움직임에만 집중했다.

자신이라면 분명 가능할 터. 놓칠 리가 없었다.

왜냐하면 저 사람은 자신에게 줄곧 싸우는 법을 가르쳐 준 스승이니까.

루미아와 리엘은 스스로의 영혼을 마모시켜 가며 천사들과 계속 싸우고 있었다.

시스티나가 일시적으로 전선에서 이탈한 탓에 그만큼 부담이 두 사람에게 가중되었기 때문이다.

하지만 시스티나를 신뢰하는 그녀들은 결코 싸움을 멈추지 않았다.

그래서 시스티나는 가슴을 태우는 불안의 불길을 무시하고, 글렌의 싸움에 계속 집중할 수 있었다.

—그거면 됐다. 신뢰에 대한 진정한 보답은 책임이라는 중압감을 견디며 행동으로 보여주는 것. 자신이 해야 할 일에 집중하고, 포기하지 않고 정면으로 마주보는 거다.

—자신을 가지렴. 지금의 넌 강해. ……물론 가르침이 훌륭한 덕분이겠지만.

만약 이 자리에 **그 둘**이 있었다면 분명 이렇게 말해주었을 터.

시스티나는 가만히 기회를 기다렸다.

시시각각 만신창이가 돼 가는 루미아와 리엘의 모습에서 애써 시선을 돌리고.

시시각각 저티스에게 밀리는 글렌의 모습에 당장 뛰쳐나가고 싶은 것을 견디며.

모든 중압감을 짊어진 채.

그저 기다렸다.

내면의 바람을 끌어올리며 하염없이 기다렸다.

그리고…… 이윽고.

마치 영원처럼 길게 느껴졌던 기다림이 마침내 끝을 고했다.

'……여기?'

그 순간, 온몸에 벼락이 내리친 것 같은 감각이 느껴졌다.
글렌과 저티스의 전투의 분수령. 공방이 교체되는 경계.
저티스가 승리를 확신하며 필살의 일격을 날리고.
글렌이 그걸 완전히 막아내지 못하고 일격을 허용하는.
그런 승패를 가르는 분기점이 온 순간을 마침내 간파해낸 것이다.

'……여기죠?'

공방의 분수령은 승패의 결정점.
당연히 전투의 흐름은 승자에게 기울고 패자는 이미 패배의 흐름에 몸을 맡길 수밖에 없다.
그러나 분수령은 분수령.
아주 사소한 계기로 승부의 추가 반대쪽으로 넘어가는 것도 충분히 가능했다.

'……여기인 거죠? 선생님!'

그 순간, 시스티나는 영혼을 담아 외쳤다.

"남루스으으으으으으으으으으으으으으으으으으으으!"

"……?!"

"시스티!"

"……응!"

그 목소리를 들은 모두가 일제히 움직였다.

"《아르스 마그나》!"

남루스가 최후의 《아르스 마그나》를 해방하자, 시스티나와 루미아와 리엘의 몸이 빛에 감싸였다.

"하아아아아아아아아아아아아아아아아아아아아아아앗!"

그리고 셋은 광속을 뛰어넘은 빠르기로 글렌과 저티스를 향해 돌진했다.

수없이 많은 천사들이 그런 소녀들의 앞을 가로막았다.

마치 우주를 가득 채운 별들처럼 압도적인 그 물량을 도저히 뚫을 수 없을 것처럼 보였다.

그러나…….

———.

갑작스럽겠지만, 여기서 수수께끼를 하나 내볼까 한다.

「정의의 마법사」란 대체 무엇일까?

원래 태어나면서부터 《광대》일 수밖에 없는 인간은 그런 고상한 존재와는 거리가 멀다.

하지만 자신의 무지함과 왜소함을 자각한 순간부터 《광대》는 「여행자」가 되고.

그들은 각자의 《세계》를 목표로 아득히 먼 여행길을 나서게 된다.

미래에 어렴풋한 희망을 맡긴 채.

비에도 지지 않고.

바람에도 지지 않고.

오로지 앞을 향해 바보처럼 나아갈 수 있다.

그렇게 《세계》란, 《광대》가 목표로 삼은 각자의 도달점이라면.

「정의의 마법사」는 그런 《세계》를 빚은 형태 중 하나에 불과할 터.

그렇다면 그 「정의의 마법사」란 대체 무엇일까.

~~~~.

어느 남매들의 평범하고 행복한 일상 풍경 속에서 소녀, 리엘이 불현듯 의자에서 일어났다.

"갑자기 뭐야? 리엘."

"하하하, 아직 숙제가 안 끝났는데?"

그러자 책상 옆에 서 있던 그녀의 형제, 일루시아와 시온이 놀라서 물었다.

"……미안, 시온. 일루시아."

리엘의 모습은 어느새 바뀌어 있었다.

평범한 마을 소녀가 아닌 제국 궁정 마도사단 특무분실 소속의 마도사로.

"……난 가야 해."

그 말을 들은 순간, 모든 것을 깨달은 일루시아가 슬픈 얼굴로 물었다.

"왜? 왜 떠나려는 거야? 리엘. ……네가 살던 세계는 슬픈 일만 가득했잖아. 난 알아. 네가 지금까지 얼마나 힘든 일을 겪어왔는지. 그 세계가 너에게 결코 친절하지 않다는 것도. 우리가 널 태어나게 한 탓에 넌 줄곧 가시밭길을 걸어와야만 했어. 넌 그게 괴롭고 힘든 일인 줄도 모르고, 아무것도 생각하지 않고 그저 맹목적으로 걸어오기만 했어. ……외롭게 혼자서."
~~~~

"이 세계에 우리가 나왔다는 건…… 네 마음 한편에선 분명 이런 현실을 바라고 있었다는 뜻. 이 또한 네 본심인 거야, 리엘."

"그러니 이제 더는 애쓰지 않아도 돼. 이곳은 네가 경험했던 괴로운 일이나 슬픈 일과 인연이 없는 세계. 여기서 우리랑 함께 행복하게 살아도 된다구."

"그때 우리는 널 축복하고 등을 떠밀어줬지만…… 동시에 이런 생각도 했어. 정말 이대로 괜찮은 걸까 하고."

"우리 욕심 때문에 괜히 더 무거운 짐을 짊어지게 한 게 아닐까 하고. 그게 정말 널 위한 일일까 하고"

"그래서 우린……."

시온과 일루시아는 복잡한 심경을 드러내며 고개를 떨구고 말았다.

"괜찮아."

하지만 리엘은 단언했다.

"분명 처음엔 누굴 위해, 뭘 위해 싸워야 할지 몰랐어. 누가 시키는 대로 싸우는 게 아무 생각도 할 필요 없어서 편했어. 하지만 지금은 아니야. 지금의 나한텐 지키고 싶은, 소중한 사람들이, 있어. 글렌과 함께 있으면서…… 난 내가 나아가야 할 길을 찾을 수 있었어. 그리고 그걸 가르쳐준 글렌을 지킬 거야. 그러니…… 난 갈게. 시온, 일루시아. 더는 걱정하지 않아도 돼."

"그래, 그랬구나. ……후훗, 어느새 우리가 걱정할 필요가 없을 정도로 이만큼 성장하다니. 괜한 노파심으로 참견해서 미안, 리엘."

"……응, 힘내렴. 리엘."

일루시아와 시온은 그제야 안심한 듯 웃으며 리엘을 보내주었다.

~~~~.

원래 그녀는《광대》였다.

태어난 의미를 모르고. 존재하는 가치를 모르고.

그저 맹목적으로 남이 시키는 대로 검을 들고 싸웠을 뿐.

세상은 그녀에게 가혹했지만, 그녀는 아무것도 못 느꼈다. 아니, 생각하지 않는 쪽이 편했다.

그러나 그런 정처 없는 여행 끝에 결국 그녀는 자신이 태어난 의미를 알고 검을 들 이유를 얻었다. 자신만의 빛을 얻었다.

그것이 바로 그녀의《세계》.

긴 고난 끝에 비로소 자신의《세계》에 도달한 것이다.

따라서 그녀는「정의의 마법사」였다.

"이이이이이야아아아아아아아아아아아아아아아아아아압!"
~~~~

「정의의 마법사」가 날린 혼신의 은색 검광이 줄지어 선 천사들을 두 쪽으로 갈라버렸다.

~~~~.

"미안해요, 어머니. 언니."

어느 왕족 모녀가 사는 궁전의 한 방에서 그 소녀, 루미아는 의연하게 선언했다.

"전 이제 떠나야 해요."

그녀의 모습은 어느새 바뀌어 있었다.

호화찬란한 드레스로 한껏 꾸민 왕녀의 모습에서 《천공의 타움》으로.

그러자 언니 레닐리아와 모친 알리시아가 조금 슬픈 얼굴로 안아주었다.

"넌, 전부터 그랬어. 자기비하가 너무 심해."

"특수한 성장 내력 탓에 자신에게는 아무 가치도 없다고 여겨서 타인에게 헌신하는 식으로, 자신이 희생하는 식으로 가치를 만들려고 했지. 하지만 넌 성자가 아니야. 불운하게도 조금 특수한 힘을 가지고 태어났을 뿐인…… 평범한 아이인데."

"우린 그게 늘 걱정이었어. 어쩌면 넌 현실 세계에선 절대로 행복해질 수 없는 게 아닐까 해서……."
~~~~

“그래서 나도 가끔씩 상상해보곤 했단다. 만약 네가 평범한 여자애였다면 어땠을까 하고. 그러니 차라리 이렇게…… 여기서 우리와 함께…….”

“걱정하지 마세요. 언니, 어머니. 전 괜찮아요.”

불안해하는 언니와 모친에게 루미아는 밝게 웃으며 말했다.

“확실히 두 분 말씀대로 전…… 조금 자만하고 있었어요. 제가 특별한 존재라 주위에 불행을 몰고 온다고 생각해서 제 욕심을 버리고 타인을 위해 사는 식으로, 스스로를 희생하는 식으로 필요 없는 존재였던 저 자신의 가치를…… 의미를 찾으려고 했었죠. 하지만, 그건 착각이었어요. 이런 절 필요로 해주는 사람이 있고, 사랑해주는 사람들이 있었는걸요. 그동안 몰랐을 뿐, 전 그런 모두의 도움을 받아 살아가고 있었던 거였어요. 그러니 제가 이 세상을 바꾸겠다는 건 오만한 생각이었어요. 자신을 희생해서 타인에게 도움이 되겠다는 건 잘못된 생각이었어요. ……전 딱히 특별한 존재 같은 게 아니에요. 누군가에게 도움을 받아 살아가고 있으니 저도 그 보답으로 모두를 돕는 거예요. 거기에 예전처럼 일방적이고 자기만족에 사로잡힌 자기희생 같은 건 필요 없어요. 전…… 제가 할 수 있는 일로 이 세상에 도움이 되고 싶어요. 그리고 저에게 이걸 깨닫게 해준, 지금까지 절 도와준…… 글렌 선생님께 필요한 존재가 되고 싶어요. 이건 자기희생도 의무도 아니에요. 단지 제가 바라는 일일 뿐.

그러니…… 죄송해요. 전 저를 도와주고, 제가 돕고 싶은 사람이 있는 세계로…… 돌아가겠어요."

"후훗, 왠지 너라면 그렇게 말하지 않을까 싶었는데…… 역시 괜한 참견이었나 보네. 이래서야 부모 실격이겠어."

"루미아…… 못 보던 사이에 정말 어른이 됐구나."

루미아가 차분한 태도로 자신 있게 단언하자, 알리시아와 레닐리아는 조금 쓸쓸해하면서도 기쁜 숨을 내쉬었다.

~~~~.

원래 그녀는 《광대》였다.

자신을 특별한 존재라 여기고, 이 세계에 필요 없는 존재라 믿었다.

자신은 타인을 불행하게 만드는 인간이라고 생각했다.

그래서 타인에게 맹목적으로 헌신하는 것으로써 자신의 존재가치를 만들고자 안간힘을 썼다.

하지만 인간으로서는 뒤틀린, 그런 맹목적인 여행 끝에.

그녀는 인간이 서로 도와가며 살아가는 존재라는 지극히 당연한 섭리를 깨달았다.

자신이 특별한 게 아니라 사는 의미와 가치는 처음부터 사람들 속에 있었다는 사실을 깨달았다.

의무가 아닌, 자기희생이 아닌, 자기만족도 아닌 스스로
~~~~

의 절실한 소망에서 비롯된 「베풂」이 무엇인지 깨달았다.

그건 결코 어려운 것이 아니었다.

그저 「사랑」이라 불리는, 인간을 인간답게 하는 마음이었기에.

문제는 그것을 언제 눈치채느냐였지만, 결국 그녀는 깨달았다.

그것이 바로 그녀의 《세계》.

긴 고난 끝에 비로소 자신의 《세계》에 도달한 것이다.

따라서 그녀는 「정의의 마법사」였다.

"하아아아아아아아아아아아아아아아아아아아아아아앗!"

「정의의 마법사」가 휘두른 황금 열쇠와 은 열쇠가 줄지어 선 천사들을 시간과 차원 너머로 추방했다.

~~~~.

한 노인과 그가 가장 사랑하는 손녀가 서 있는 아득히 높은 천공성에서.

그들이 꿈꿔오고 애타게 바라왔던 천공성에서 조망하는 웅대한 하늘 앞에서.

손녀, 시스티나는 등을 돌리며 말했다.
~~~~

"죄송해요, 할아버님……. 전…… 이만 가야 해요."

그녀의 모습은 어느새 바뀌어 있었다.

유적 탐사용 장비가 아니라 위대한 바람의 사도라는 증거인 새하얀 《바람의 외투》를 걸친 모습으로.

"저에겐 나아가야 할 미래가 있어요. 그리고…… 그 모습을 봐줬으면 하는 사람이 있어요."

"후후, 정말 많이 컸구나. 시스티나, 내 사랑하는 손녀야."

그러자 시스티나의 조부, 레돌프 피벨은 딱히 동요하는 기색도 없이 자연스럽게 받아들였다.

"그에 비해 나는 참 부끄럽구나. ……죽기 직전 너를 믿고 뒷일을 전부 맡겼을 텐데 그런 사악한 자의 감언에 넘어가다니…… 내 손으로 꿈을 망치고 사랑하는 손녀가 살아갈 미래를 망치려고 하다니……."

"할아버님……."

"실은 기억하고 있단다. 내가 마왕, 펠로드 베리프였을 때의 일을. 비몽사몽인 상태로 타인을 무차별적으로 희생시키고 아무리 악행을 저질러도 마치 남의 일처럼 느껴졌던 그 당시는…… 이제 와서 돌이켜보면 악몽 그 자체였지. 그토록 꿈에 집착하던 난 죽음이라는 미래를 거부하고 현실에서 눈을 돌리고 있었던 게야."

"……할아버님 탓이 아니에요. 인간은 누구나 약하고 어리석은 존재잖아요. 가장 나쁜 건 그런 인간의 약한 부분에 파고든 마왕이에요. 그리고…… 저도 바보였는걸요.”

“……시스티나?”

시스티나는 먼 하늘을 올려다보며 말했다.

“전 아무것도 모르고 있었어요. 꿈을 이어받아 좇는다는 것의 의미가 무엇인지. 마술사로서 진리를 추구하겠다는 각오가 무엇인지. 전, 전혀, 조금도 모르고 있었어요. 진리 탐구, 마술사의 긍지, 숭고한 사명 같은 듣기 좋은 말들에만 현혹돼서 계속 현실에서 눈을 돌리고 있었죠. 마술사의 멋진 겉모습만 보고 동경하던 어린애였어요. 하지만 실제로 마술은 살인 기술이라는 측면을 가진 무시무시한 것이었고. 꿈을 짊어지고 나아간다는 건 무척 괴롭고 힘든 일이었고. 마술사로서 살아간다는 것은, 꿈을 향해 계속 나아간다는 것은 때로는 타인의 것을 뺏고 빼앗기는 것을 받아들여야만 하는 몹시도 잔혹한 길이었고. 꿈보다 현실을 먼저 직시해야만 한다는 것을요.”

“…….”

“하지만 적어도 지금의 전 달라요. 그 모든 현실을 직시하고, 그 무게를 짊어지고 앞으로 나아가고 있는걸요. 어쩌면 아직도 모르는 게 잔뜩 있을지도 모르지만…… 그래도 괜찮아요. 그런 냉엄한 현실을 조심스럽게 살피면서 미래를 향해 나아갈 거니까요. 그리고 전, 이 세계에 미래를 만들어갈 거예요. 그 사실을 가르쳐준 사람과 함께 제가 더는 길을 잃지 않도록…… 저처럼 늘 길을 헤매고 있는 그 사람이 길을 잃지 않도록…… 함께 미래를 향해 나아가겠어요!"

"후후, 그런가. 시스티나…… 아하하하."

손녀의 결의를 들은 레돌프는 그저 따스하게 웃어줄 뿐이었다.

"넌 이미…… 어느새 날 뛰어넘었구나. 정말, 이토록 기쁠 수가……. 인간이기를 포기하고, 현실에서 눈을 돌리고, 미래를 버린 죄인인 내가…… 이런 행복을 누릴 수 있다니…… 아아, 그렇군. 확실히 이건 꿈이 맞아."

"할아버님……."

경애하는 조부의 얼굴을 바라보고 있자, 그는 시스티나의 옆으로 다가와 어깨에 살며시 손을 얹었다.

"……가렴. 그리고 살아가렴. 네 현실과 투쟁하며 네 미래를 향해 나아가려무나. 난 네가 내 손녀라는 사실이 정말 진심으로 자랑스럽단다."

"……할아버님!"

"그리고…… 마지막으로 한마디만 하게 해다오. 고맙다, 시스티나. 이것이 설령 네 마음속 어딘가에 있는 나약함이 만들어낸, 네 현실을 부정하기 위한 시시한 꿈일지라도…… 네가 이 광경을 조금이나마 마음에 그리고 있었다는 사실에 감사를."

시스티나는 반사적으로 조부와 함께 뒤를 돌아보았다.

웅대한 천공성의 위용과 그 뒤에 펼쳐진 무한한 하늘을.

경애하는 조부와 함께 그 광경을 바라보는 이 기적 같은 만남을.

“정말…… 고맙구나, 시스티나. 부디 네 미래에 행복이 가득하기를…….”

~~~~.

원래 그녀는 《광대》였다.

남들보다 재능이 뛰어난 탓에 그 재능에 사로잡혀 오만하고 무지했었다.

마술사로서 꿈을 좇고 진리를 탐구하는 것. 긍지. 사명.

그런 듣기 좋은 말만 귀담아 들으며 항상 자신이 어떤 목표를 향해 척척 나아가고 있는 줄로만 알았다.

하지만 그건 전부 **착각**이었다.

그녀는 자신이 목표로 삼은 게 실상 무엇인지 전혀 모르고 있었던 것이다.

그저 형태가 보이지 않는 애매모호한 것을 어린애처럼 천진난만하게 동경했을 뿐.

하지만 그런 목적지가 보이지 않는 맹목적인 여행 끝에.

그녀는 현실을 깨닫고, 결심했다.

꿈이라는 희망이 가득한 단어로는 표현할 수 없는 냉엄한
~~~~

진실을 받아들이고 진리를 향해 나아갔다. 미래를 만들겠노라며 걸음을 멈추지 않았다.

그것이 바로 그녀의 《세계》.

긴 고난 끝에 비로소 자신의 《세계》에 도달한 것이다.

따라서 그녀는 「정의의 마법사」였다.

"선생니이이이이이이이이이이이이이이이이이이이이임!"

「정의의 마법사」가 날린 빛나는 바람이 폭풍이 되어 줄지어 선 천사들을 모조리 날려버렸다.

그리고…….

———.

———.

"선생니이이이이이이이이이이이이이이이이이이이이임!"

"……?!"

그것은 찰나의 순간에 벌어진 일이었다.

글렌과 저티스의 사투의 정점. 모든 것을 끝맺는 운명의 순간.

저티스의 칼이 글렌을 꿰뚫으려한 바로 그 순간.

시스티나가 날린 빛의 바람이.

루미아가 날린 블랙홀이.

리엘이 날린 은색 참격이.

저티스에게 직격— 명중한 것이다.

하지만 저티스는 아무런 피해도 입지 않았다. 노 대미지라 봐도 무방했다.

그러나 그 **충격으로 몸이 약간 흔들렸다**.

그 덕분에 글렌을 향해 날린 칼날이 허공을 베었다.

이건 있을 수 없는 광경이었다.

글렌 말고는 아무도 간섭할 수 없을 터인 저티스에게 소녀들의 공격이 간섭한 것이다.

"이게…… 무슨?!"

그러자 처음으로 저티스의 표정이 무너졌다.

믿을 수 없는 것을 보고 눈을 부릅뜬 순간, 몸이 경직되었다.

결국 시스티나와 루미아와 리엘이 할 수 있는 건 여기까지였다. 이 한순간의 빈틈을 만들기 위해 전력을 쏟아 부은 그녀들은 이제 두 번 다시 저티스에게 간섭할 수 없으리라.

하지만 그녀들이 모든 힘과 마력과 교환해서 만든 그 한순간.

고작 한순간이지만 빈틈은 빈틈이었고.

"으, 우오오오오오오오오오오오오오오오오오오오오오오오오!"

글렌은 마치 처음부터 지금 이 순간만을 기다려왔다는 것처럼 검을 튕기듯 베어 올렸다.

위로 막고 있었던 여신의 대검을 밀쳐내고, 그대로 여신의 팔을 광속으로 절단했다.

그 순간, 세계의 시간의 흐름이 느려졌다.

아니, 정확히는 이미 엉망이 된 세계가 아니라 두 사람의 주관적 시간이 확연히 느려진 것이다.

글렌, 저티스는 즉시 움직였다.

아득히 먼 상공을 향해 비상하는 글렌과 아득히 먼 아래로 이탈하는 저티스.

빛의 속도로 멀어진 두 개의 유성이 곧 반전하며 검을 겨눈 채 서로를 향해 일직선으로 돌진했다.

서서히. 아주 서서히.

실제로는 광속을 뛰어넘은 속도였지만, 시간의 흐름이 폭주한 이 아공간에서는 이미 물리적인 속도 따윈 아무런 의미가 없었다.

천천히. 아주 천천히.

글렌과 저티스는 서로를 향해 나아갔다.

글렌은 《아르 칸》을 쥔 채.

저티스는 《아르 카인》을 겨눈 채.

서서히.

시간의 흐름이 어긋난 세계에서 빛의 속도를 초월한 속도로 서서히 가까워졌다.

그리고―.

"저티스으으으으으으으으으으으으으으으으으으으으!"

"그으으을레에에에에에에에에에에에에에에에에에엔!"

두 개의 유성이 마침내 한 점으로 교차했다.

―――――.

―――.

――.

"……."

"……."

정적이 주위를 지배했다.

지금까지의 뜨거운 격전이 마치 거짓말이었던 것처럼.

대량의 천사들이 전부 활동을 정지하고 그 자리에 굳어 있었다.

"……."

"……."

"……."

시스티나, 리엘, 루미아도 그 자리에 굳어서 미동조차 하지 않았다.

그저 글렌과 저티스만 바라볼 뿐이었다.

글렌과 저티스는 마치 서로 껴안은 것 같은 가까운 거리에서 위아래로 얽혀 있었다.

조각상처럼 굳은 채 조용히 침묵하고 있었다.

마치 시간이 멈춘 것 같은, 공간이 그대로 얼어붙은 것 같은 정적과 정지가 세계를 지배하고 있었다.

"……쿨럭!"

하지만 곧 피를 토하는 소리가 그 정적과 정지를 깨트렸다.

피를 토한 건, 저티스였다.

저티스가 내지른 검은 글렌의 옆구리 밑을 얕게 벤 것뿐이었다.

하지만 글렌의 검은 저티스의 가슴 한복판을 완전히 관통하고 있었다.

그리고 잠시 후.

"으음~ 어째설까?"

피로 물든 저티스의 입에서 혼잣말이 새어 나왔다.

불가사의하게도 그 목소리에서는 패배로 인한 원통함과 분함이 전혀 느껴지지 않았다.

거기서 느껴지는 것은 그저 신기한 것을 처음 본 어린애가 선생님에게 묻는 듯한 순수한 의문뿐이었다.

"왜…… 내가 진 거지?"

글렌을 올려다보는 저티스의 눈은 왠지 무척 투명했다.

"아니, 틀려. 분하지만, 넌 날 분명 이기고 있었어."

글렌은 작은 목소리로 내뱉었다.

"네 정의는 내 정의를 완전히 이기고 있었어. 네 완벽한 승리였어. 하지만…… 넌 딱 한 가지 실수를 하고 말았지. 예를 들면 당연히 만점이 나와야 하는 시험에서 답을 하나씩 밀려 쓰는 것 같은…… 그런 사소하지만 치명적인 실수를."

"……실수?"

"그래. 저 녀석들 말이야."

글렌은 시스티나와 루미아와 리엘을 힐끔 쳐다보았다.

"저 녀석들이 내 힘이자 도구라고 말했었지. 그 시점에서 넌 이미 실수를 저질렀던 거야."

"……."

"넌 저 녀석들이 걸어온 길과 정의를 보고 타도할 만한 가치가 있다고 인정하면서도…… 나나 네 정의보다는 밑이라고 치부했어."

"……하지만 사실이 그렇잖아?"

저티스는 무슨 말인지 모르겠다는 듯 고개를 갸웃거렸다.

"실제로 내 【ABSOLUTE JUSTICE】나 네 【THE FOOL HERO】의 격이 그녀들이 도달한 신비보다 위였잖아?"

"그게 아니야."

글렌은 마치 제자를 가르치는 교수처럼 말했다.

"내가…… 처음에 말했었지? 누구나 「정의의 마법사」가 될 수 있다고."

"……."

"「정의의 마법사」가 되는 건…… 전혀 특별한 일이 아니야. 누구나 되고자 하면 될 수 있어. 그런데도 「정의의 마법사」가 유일무이한 특별한 존재라고 여겼던 게 네 실수였어."

"그, 그렇다는 건……."

저티스는 몸을 떨기 시작했다.

"……맞아."

글렌은 감정을 읽을 수 없는 표정으로 고개를 끄덕였다.

"내 정의는 널 이기지 못했어. 하지만…… **우리**의 정의가 널 이긴 거야."

"……그럴…… 수가……! 난……! 나는……!"

그 말을 들은 저티스의 떨림이 점점 심해졌다.

"그렇다는 건…… 결국…… 결국!"

하지만 갑자기 떨림을 뚝 멈추더니 목이 잔뜩 멘 목소리로 이렇게 말했다.

"결국…… 내 정의가 네 정의에 진 건 아니야."

그리고 무척 개운한 표정으로 웃었다.

"하하, 그렇군. ……**우리**인가. 하긴…… 그건 이길 수 없지.

어떻게 이기겠어. 어쩔 수 없지. 하지만 말이야, 글렌. 내 정의는…… 네 정의를 이겼어. 분명히! 의심할 여지도 없이! 그래, 난…… 널 이긴 거야. 마침내! 드디어! 하하하하…… 아하하하하! 아하하하하하하하하하하하하하하하하하하하하하하하하하하하하하하하하하하!"

저티스는 폭소했다.

허세가 아니라 진심으로 자신의 승리를 확신하며 환희에 몸을 떨었다.

이 세계의 누군가가, 행여나 신이 나서서 「이긴 건 글렌이고 진 건 저티스다」라고 부정할지라도 변하는 건 아무것도 없을 터.

저티스는 자신의 승리를 추호도 의심하지 않으리라.

"넌 진짜 마지막까지 여전하네. ……무슨 무적이냐고."

그 사실을 잘 아는 글렌은 어이없는 표정으로 저티스의 가슴에서 검을 뽑고 물러났다.

그러자 이 세상 끝의 세계를 가득 메우고 있던 천사들이 빛의 입자로 변해 사라지기 시작했다.

저티스의 배후에 있는 여신도 소멸하고 있었다.

그리고 저티스 로우판도.

이제 곧 죽음을 맞이하리라.

"선생님!"

"선생님!"

"글렌!"

그 순간, 시스티나와 루미아와 리엘이 이쪽으로 날아오더니 글렌의 양옆에 나란히 서서 빈틈없이 저티스의 상태를 살폈다.

그렇게 당장에라도 저티스에게 달려들 것 같은 기세의 소녀들을 글렌이 손으로 제지하며 조용히 물었다.

"신살의 검에 찔렸어. 넌 이제 분명히, 틀림없이 죽을 거다. 그런데 뭔가…… 남길 말은 없어?"

그러자 저티스가 히죽 웃으며 대답했다.

"글쎄…… 하고 싶은 말은 많지만, 우선 이건가? 「축하해, 글렌」."

저티스는 손뼉을 치며 글렌을 축복했다.

"넌…… 이걸로 마침내 모든 일의 시작점에 섰어. 이제부터 시작될 거야. 또, 다시 말이지."

"……응? 그게 무슨 소리야?"

"곧 알게 될 거야."

저티스는 쿡쿡거리며 웃었다.

그의 존재는 이미 무너지고 있었다.

손끝부터, 발끝부터 서서히 빛의 입자로 변해 흩어지는 중이었다.

"하지만…… 안심해도 돼. **이번에는** 분명 뭔가 다를 테니까. 그래. 다를 거야, 글렌. 왜냐하면…… 이 내가 이렇게 지금 네 눈앞에 서 있으니까."

"……?"

글렌은 영문도 모른 채 그저 숙적의 유언에 귀를 기울일 수밖에 없었다.

"……시스티나. 응. 역시 네가 좋겠어. 너라면 분명……."

그러자 저티스가 갑자기 시스티나에게 시선을 돌렸다.

"걱정하지 마. 난 이제 곧 죽어. 하지만 그런 아무래도 좋은 일보다……."

경계하는 그녀에게 저티스는 뭔가를 던졌다.

"아앗?!"

반사적으로 그 물건을 받은 시스티나는 조심스럽게 내려다보며 놀랐다.

"이, 이건……?"

"맞아. 【빛나는 트라페조헤드론】. 그 마왕 펠로드가 만들어내고…… 내가 대도서관의 지식으로 개량한 물건이지. 그 【A의 오의서】와 마찬가지로 인간의 손으로 창조한 일종의 인공 아카식 레코드라 할 만한 그건 아직 미완성품이지만…… 너한테 줄게. 잘 써봐."

"써, 써보라니…… 이런 걸 대체 무슨 수로요! 아니, 애초에 이걸 어디에 쓰라는 거죠?!"

"그것도 곧 알게 될 거야."

저티스는 끝까지 의미심장한 발언밖에 하지 않았다.

그리고 시스티나에게 【빛나는 트라페조헤드론】을 넘긴 것으로 이제 할 일이 전부 끝났다는 듯.

"후우우우우우우우우우~."

만족스럽게 숨을 깊이 내쉬었다.

왠지 개운함마저 느껴지는 숨소리였다.

그리고 저티스는 아득히 먼 별하늘을 마치 어린아이처럼 맑은 눈으로 올려다보았다.

"끝인가. ……그렇군. 이걸로 전부 끝난 거야. 글렌…… 너에겐 시작이겠지만…… 내 이야기는 여기까지야. ……정말로 길었군."

"……저티스."

"글렌…… 난 널 이겼어. 지금의 너에겐 패배자의 허세로밖에 들리지 않겠지만…… 이제 곧 이해할 수 있겠지. 난 이겼어. 너에게…… 그리고 운명에게."

"……."

"뭐, 결말은 바라던 형태와는 좀 달랐지만 말이야. 사실…… 난 「네」가 되고 싶었어."

"……."

“그래도 뭐…… 나쁘지 않네. 미련은 없어. 이 결말은 사소한 오차야. 아무튼…… 이렇게 여기서 네 앞에 선 시점에서…… 난 처음부터 이겼던 거니까. 이 모든 것에…….”

저티스는 시스티나를 힐끔 쳐다보았다.

“그러니 난…… 만족했어.”

그 말을 「죽기 직전의 농담」, 「죽음을 앞에 둔 자가 자포자기해서 내뱉는 망언」, 「패배자의 넋두리」라고 치부하는 건 쉬운 일이다.

하지만 듣는 이에게는 왠지 기묘한 설득력이 있었기에 글렌 일행은 대체 뭐라 말해야 좋을지 몰라 망설일 수밖에 없었다.

“하하하하…….”

그러는 사이에 저티스가.

“아하하하하하하…… 하하하하하하하하…….”

마치 둑이 터진 것처럼 환희에 떨며 만족스럽게 웃기 시작했다.

“아하하하하하하하하하하하하하하하하하하하하하하하하하하하! 아앗하하하하하하하하하하하하하하하하하하하하하하! 하하하하하하하하하하하하하하하하하하하하하—.”

그 웃음소리와 함께 저티스의 존재가 소멸하고 있었다.

빛의 입자로 흩어지며 죽음을 맞이한 것이다.

이것이 제국과 세계를 뒤흔들고, 마왕조차 능가하고, 인류 역사상 존재해왔던 모든 마술사가 닿지 못한 지고의 경지에 도달한 희대의 마술사.

미친 정의, 저티스 로우판의 최후였다.

엔딩

—아무런 전조도 없이 너무나도 갑작스럽게 맞이한 종막이었다.

전 인류의 군대와 강대한 신앙병기의 「제뿌리」를 지키는 대량의 「곁뿌리」가 격돌한 모독적인 땅 밀라노에서 일진일퇴의 공방전을 벌이고는 있으나, 현재 격심한 소모전의 양상을 띠고 있는 전장을 살피던 알자노 제국군의 총사령관 이브 이그나이트가 자신의 수완으로도 이 이상의 전선 유지는 불가능하다고 판단을 내린 바로 그 순간.

파앗!

저 아득히 먼 하늘 위의 천공성이 별안간 진홍색 빛을 흩뿌리기 시작했다.

"뭐, 뭐지?!"

이브는 무심코 지휘를 내리는 것도 잊은 채 하늘을 올려다보았다.

그 자리에 있던 병사들도 전원 싸우는 것도 잊은 채 하늘을 올려다보았다.

전장에 퍼져나가는 동요.

그러는 사이에도 새빨간 빛은 점점 더 강해졌고, 곧 어느 시점을 경계로 서서히 잦아들었다.

그리고 동시에 천공성의 모습도 서서히 사라져갔다.

마치 꿈이나 신기루였던 것처럼.

처음부터 어디에도 존재하지 않았던 것처럼.

"처, 천공성이…… 사라졌어?"

"보, 보고드립니다!"

이게 대체 어찌 된 일인가 싶어 당혹스러워하는 이브에게 마도병 출신 전령이 숨을 몰아쉬며 달려왔다.

"그, 그게…… 이쪽의 공격 목표였던 「제뿌리」와 그것을 지키고 있던 「곁뿌리」들이…… 갑자기 활동을 멈추고 서서히 붕괴하기 시작했습니다!"

"뭐라고?!"

이브는 전령을 내버려둔 채 절벽 위로 달려가 전장을 조망했다.

여전히 지긋지긋할 정도로 많은 대량의 「곁뿌리」가 마치 융단처럼 지평선 너머까지 전장을 가득 메우고 있었고, 그 중심에는 마치 구름을 찌르는 거인처럼 모독적이고 역겨운 살덩어리로 이루어진 거대한 「제뿌리」가 하늘을 향해 우뚝 서 있었다.

"저, 정말이네. 스스로 무너지고, 있어……. 대체 왜?"

이브는 넋이 나간 표정으로 그 광경을 바라보았다.

그토록 모독적이고 역겨웠던, 인류의 절망적인 파멸을 암시하는 존재가 조금씩 부스러지며 무너져 내리고 있었다.

"이브 원수님! 그 밖에도 보고가……!"

"현재 각지에서 연락이 들어왔습니다! 세계 각국에서 개별적으로 대처 중이던 「곁뿌리」들도 동일 시각에 활동을 정지! 붕괴하기 시작했다고 합니다!"

"거기다 전 세계의 하늘 위에 떠 있던 천공성의 환영도 동시에 사라졌다고 합니다!"

"예외적으로 페지테의 하늘에만 계속 떠 있는 듯합니다만!"

뒤에서 그런 보고들이 잇따라 들려왔지만, 그럼에도 이브는 믿을 수 없는 표정으로 절벽 아래의 광경에서 시선을 떼지 못했다.

"……뭘 넋 놓고 있는 건데."

그러자 옆으로 다가온 일리아가 툭 던지듯이 말했다.

"빨리 다음 지시나 내려, 이브 이그나이트 원수 각하. 상황이 이렇게 변한 원인이야…… 뭐, 너도 잘 알잖아? 어차피 네가 사모하는 그 영웅님께서 저 하늘 위에서도 평소처럼 잘 해결해주신 거겠지."

"뭐?! 누, 누가 누굴 사모한다는 거야! 그, 글렌은 그냥 내부하……!”

“난 딱히 글렌이라고 한 적 없거든? 여자애들도 세 명 더 있는데?”

빈정거리듯 슬며시 웃은 일리아가 도발하는 시선을 보냈다.

이브는 진심으로 한 대 후려치고 싶었지만, 확실히 지금은 그럴 때가 아니었다.

주먹을 부들부들 떨며 화가 나는 걸 참고 자신이 지금 해야 할 일이 무엇인지 떠올리며 즉시 부하들에게 지시를 내렸다.

각지 피해 상황 확인, 부상병 회수, 각국의 군대와의 절충 등등.

제국의 총사령관이 해야 할 일은 산더미처럼 많았다.

하지만…… 그런 와중에도 이브는 문득 하늘을 올려다보며 — 천공성의 모습은 이제 흔적도 없었지만 — 혼잣말처럼 중얼거렸다.

“전부 끝난 거네……. 이제 돌아오는 거지? 글렌…….”

그렇게 무척 따스한 시선으로 하늘을 올려다보는 이브의 모습을 흘겨본 일리아는 못 말리겠다는 듯 어깨만 으쓱일 뿐이었다.

――――.

"……."

멜갈리우스의 천공성 최심부. 세상 끝의 땅은 현재 침묵에 잠겨 있었다.

무한한 우주 공간 같은 세계에 단 하나 우뚝 서 있는 거대한 나무 아래에서 글렌 일행은 미동조차 하지 않은 채 입을 다물고 있었다.

"……끄, 끝난 거야?"

이윽고, 맨 먼저 입을 연 건 시스티나였다.

"그래, 끝이야. 전부, 끝."

그걸 계기로 지금까지 멈춰 있던 시간이 다시 움직이기 시작하며 글렌은 고개를 끄덕였다.

"저희가…… 이긴, 거죠?"

"그래. 우린 이겼어."

불안한 기색으로 묻는 루미아에게 글렌은 그리 대답했다.

"……음. 우리, 이제 돌아갈 수 있는 거야?"

"그래, 돌아가자."

여느 때처럼 무표정으로 고개를 갸웃거리며 묻는 리엘에게 글렌은 웃으며 대답했다.

"……."

"……."

"……."

그럼에도 소녀들은 한동안 꼼짝도 하지 않은 채 다시 입을 다물어버렸다.

"이겼다아아아아아아아아아아아아아아아아아!"

"해냈어, 시스티! 우리가 해낸 거야, 시스티!"

"음. ……응."

하지만 곧 서로를 부둥켜안으며 엄청나게 기뻐하기 시작했다.

시스티나와 루미아는 너무 기쁜 나머지 눈물까지 글썽였고, 그 리엘조차 활짝 웃고 있었다.

"……하하하."

세상을 구한 영웅이 됐는데도 그 나이 또래에 어울리는 반응을 보이는 소녀들의 모습에 글렌은 자기도 모르게 웃음이 나왔다.

"응? 남루스는…… 어디 간 거지?"

그러자 마침 생각난 듯 주위를 살폈다.

하지만 요정 같은 크기의 소녀, 《시간의 천사》인 남루스의 모습은 어디에도 보이지 않았다.

"어? 남루스……?"

"그, 그러고 보니……."

그 이름을 듣고 이성이 돌아온 시스티나와 루미아도 두리번거리며 그녀의 모습을 찾기 시작했다.

"남루스! 잠깐! 대체 어딜 간 거야?"

"저기…… 슬슬 나와주시면 안 될까요?"

"맞아! 이제 전부 다 끝났다구!"

하지만 대답은 없었다.

시스티나와 루미아는 왠지 모를 불길한 예감에 사로잡혔다.

"남루스! 남루스!"

"제발 대답 좀 해주세요! 남루스 씨!"

초조한 얼굴의 시스티나와 루미아가 큰 소리로 남루스의 이름을 불러댄 순간.

"……시끄럽네. 난 여기 있어."

목소리가 들렸다.

시스티나와 루미아가 화들짝 놀라며 시선을 돌리자, 거대한 나무 뒤에 숨은 것처럼 서 있는 남루스의 모습을 찾을 수 있었다.

"어, 어라? 남루스……?"

"그 모습은……."

둘은 눈을 연신 깜빡였다.

어째선지 남루스의 모습이 바뀌어 있었기 때문이다.

손바닥만 한 사이즈가 아닌 인간 소녀 같은 크기로.

하지만 그 정도는 눈길도 가지 않을 정도로 확연한 변화가 있었다.

지금의 남루스에게는 반투명한 환영이 아니라 실체가, 육신이 존재했던 것이다.

"어, 어라? 남루스? ……그 몸은 어떻게 된 거야?"

"……별거 아냐."

시스티나와 루미아가 눈을 계속 깜빡거리며 묻자, 남루스는 슬쩍 시선을 피하며 퉁명스럽게 설명하기 시작했다.

"저티스라는 존재가 소멸하는 동시에 그자의 육체에 갇혀 있던 바보 동생의…… 레 파리아의 본질이 해방됐거든. 그대로 섭리의 원환에 삼켜져서 소멸해야 했을 그걸 내가 회수해서 나와 합친 거야. 원래 우리는 하나를 둘로 나눈 존재. 둘이서 하나의 신성인 《천공의 타움》. 그 원래의 모습으로 돌아갔더니 어째선지 이렇게 육신을 재구성할 여유까지 생기더라구."

"그, 그래? 그런 거야?"

"노, 놀랐잖아요. 남루스 씨……. 전 남루스 씨가 사라져 버리신 줄로만……."

시스티나와 루미아는 그제야 안심하며 가슴을 쓸어내렸다.

"아니, 그럴 리가. 계약에 의한 영적인 연결고리로 존재 자체는 계속 느껴지고 있었는데.”

“응. 난 처음부터 남루스가 거기 있는 줄 알았어. ……감이지만.”

“그, 그런 건 빨리빨리 좀 말하라구요!”

시스티나는 태연스레 말하는 글렌과 리엘에게 하악질을 하며 따지고 들었다.

“아니, 그보다 남루스도! 왜 거기 숨어 있는 건데?! 부르면 얼른 대답 좀 해! 나 참!”

창끝이 자신에게 돌아오자 남루스는 작은 목소리로 중얼거렸다.

“……그만 좀 떽떽거려. 나도 설마 그 절체절명의 순간에 이런 방법으로 현세에 남을 수 있을지 몰랐는걸. ……난 딱히 어느 쪽이든 상관없지만…… 여기 머물 수 있다면 뭐…… 응.”

“응? 뭐라고?”

“……아무것도 아냐.”

남루스는 흥! 하고 시선을 피하며 글렌을 돌아보았다.

“뭐, 됐어. 그렇게 됐으니, 글렌. 앞으로도 한동안 어울려 줄게. 감사히 여겨.”

말투는 평소처럼 퉁명스럽고 냉담했지만, 시스티나와 루미아에게는 어째선지 그녀가 기뻐하는 것처럼 보였다.

‘응? 그런데 이거…… 따지고 보면 라이벌이 또 늘어난 거 아닌가?’

육신을 얻은 남루스의 존재에 시스티나는 왠지 모를 불안감을 느꼈다.

"아무튼. 우리 모험은 이걸로 전부 끝났어. 뭔가 이래저래 애매하게 끝난 것도 많지만 말이지."

글렌이 시스티나의 어깨를 가볍게 두드린 순간, 주위가 울리면서 공간에 균열이 생겼다.

방금 이 천공성의 존재를 현실에 묶어두고 있던 마왕의 술식이 전부 사라진 결과 성이 무너지기 시작한 것이다.

"이런, 약속된 전개로구만. 여기 오래 있으면 안 되겠어."

"맞아. 서둘러야 해."

"그래. 남은 건…… 마리아 녀석을 구출하고서 돌아가자."

글렌은 거대한 나무를 올려보았다.

"……."

그 줄기 부분에는 최후의 싸움이 시작되기 전부터 하반신이 파묻힌 상태로 조용히 잠들어 있는 마리아의 모습이 있었다.

"나 원, 이쪽은 세계의 운명을 걸고 죽기 살기로 싸웠는데 속 편하게 자고 있기는."

"마리아……. 아하하, 오랜만이야. 마술제전 때 이후로 처음이네."

시스티나는 감회 어린 눈으로 마리아를 올려다보았다.

마리아 루텔. 알자노 제국 마술학원의 1학년생. 그녀들의 후배.

지난 마술제전에서는 제국 대표 선수로 발탁되어 자신들과 함께 세계를 무대로 싸운 동료였다.

그리고 그녀의 또 다른 정체는 《무구한 어둠의 무녀》.

외우주의 어떤 사신의 권속을 신앙병기라는 형태로 이 세계에 소환하기 위한 매개체이기도 했다.

마찬가지로 마리아를 올려다보던 글렌은 불현듯 예전에 그녀가 했던 말들이 떠올랐다.

—그건 그렇고 선생님! 말씀대로 과제를 달성했어요! 그러니 약속대로 제 부탁을 하나 들어주시는 거 맞죠?! 예?!

—제가 어떤 부탁을 할지…… 후후, 기대하고 계세요!

"……."

마리아와 함께 했던 나날의 추억을 떠올리며 나무로 다가갔다.

시간상으로는 고작 한두 달 전의 일이었지만, 이제 와선 아득할 정도로 멀고 그리운 옛일처럼 느껴졌다.

—시, 싫어! 구해주세요, 선생님!

그날, 마리아가 납치된 당시의 광경을 떠올린다.

울면서 필사적으로 자신을 향해 손을 뻗었던 마리아의 모습.

그 후로도 수많은 일을 겪으며 돌고 돌아 결국 이런 곳까지 오고 말았다.

마리아 루텔.

실로 뻔뻔하고 성가시지만, 늘 기운이 넘치고 긍정적이라 같이 있으면 자연스럽게 주위를 웃게 만드는 소녀였다.

이런 인류의 운명을 건 장소에 있어야 할 아이가 결코 아니었다.

"많이 늦긴 했는데…… 약속을 지키러 왔다. 너도 우리랑 같이 돌아가자."

그렇게 중얼거린 글렌이 마리아를 나무의 속박에서 풀어주기 위해 줄기에 손을 가져다댄 순간.

두근!

이때 느낀 감정을 평생 잊을 수 없으리라.

그것의 정체는 불쾌감.

이 세상에 존재하는 모든 불쾌한 느낌을 새카맣게 응축한 듯한 부의 감정.

증오. 질투. 혐오. 비애. 절망. 공포. 무력감. 허무감. 불안. 후회. 죄책감. 모멸. 음습함. 타락. 의심. 허위. 허식. 거짓말. 배신. 기만. 조소. 냉담. 불신. 탐욕—.

이 세상에 존재하는 모든 부의 감정을 지옥의 불가마에서 졸여낸 듯한 혼돈.

이 세상에 존재하는 모든 사상과 개념을 응축시켜서 새카매진 심원의 어둠 같은 그것들이 물리적인 감각이 되어 손을 타고 전해진 것이다.

"……?!"

단숨에 손이 썩어 문드러지는 듯한 감각에 글렌은 황급히 나무에서 손을 뗐다. 그리고 손이 제대로 붙어 있는 게 맞는지 반사적으로 확인했다.

심장이 터질 것처럼 비명을 지르고 온몸에서 식은땀이 폭포수처럼 흘렀다.

"서, 선생님?"

"무, 무슨 일이세요?!"

시스티나와 루미아가 놀라서 묻자마자, 그것이 시작되었다.

하늘이 떨어지고.

어둠이 내려온다.

그리고 마리아를 중심으로 구역질이 치미는 강대한 마력과 사악한 신성이 끓어오르기 시작했다.

고개를 드는 악의.

나무가. 아름다운 별들로 이루어졌던 나무가 급속도로 썩어 문드러지더니 질감이 변하고, 역겹고 모독적인 살덩어리로 변화하며 잠든 마리아의 몸에 모여 집어삼켜지고 있었다.

"무, 무, 무슨…… 대체, 무슨 일이, 일어난 거죠?!"

깊이 생각해볼 것도 없이 뭔가 돌이킬 수 없는 사태가 일어난 건 확실했다.

시스티나가, 루미아가, 리엘이 몸을 떨었다.

떨 수밖에 없었다.

이 정도로 높은 경지에 도달한 소녀들이, 저티스를 상대로도 의연히 맞서 싸웠던 소녀들이 지금은 저항할 의지를 잃고 갓난아기처럼 겁에 질려 있었다.

어둠이 깊어진다.

어둠이, 어둠이, 어둠이 응축되며 끝없이 깊어진 그것은 그야말로 심연 그 자체.

"이럴 수가. 이런, 이런 말도 안 되는 일이…… 일어날 리가……! 일어나선 안 되는데…… 도대체 왜?!"

남루스조차 공포와 절망감에 떨리는 몸을 주체하지 못했다.

이윽고 **그자**는 마리아의 몸을 빙의체로 삼아 이 세계에 강림했다.

아니, 어쩌면 처음부터 이 세계에 있었던 걸지도 몰랐다.

세상 끝을 가득 메운 모독적인 어둠이 한 소녀의 형태로 응축되자 비로소 어둠이 걷히고 시야가 개였다.

그곳에는 마리아라 불렸던 소녀의 모습을 한 **무언가**가 미소를 지은 채 서 있었다.

이날. 이때. 이곳에서.

그들은 신과 대치했다.

아주 거대하고.

아주 사악하고.

아주 강대하고.

참으로 끔찍한.

—안녕하세요, 여러분.

마치 세상의 온갖 더러운 소리와 불쾌한 소리를 응축시킨 듯한 역겨운 소리면서도, 지고의 악기와 연주가들이 모여 신의 영역에 닿은 악곡을 합주한 듯한 아름다운 소리.

상반되는 개념이 모순 없이 섞여서 조화를 이룬 그 목소리는, 듣고 있기만 해도 이성이 마모되고 영혼이 붕괴되는 듯한 소리의 형태를 한 맹독이었다.

분명 그 **무언가**는 인간의 모습을 하고 있기는 했다.

언뜻 보기엔 실오라기 하나 걸치지 않은 청순가련한 소녀다.

언뜻 보기엔 소녀들의 귀여운 후배인 마리아 그 자체였다.

하지만 본질은 전혀 달랐다. 사기다.

그 온몸에 두른 너무나도 짙은 어둠이 보는 이에게 정확한 모습을 파악할 수 없게 했다.

그럼에도 한눈에 마리아라는 것을 알 수 있는 모순에 정신이 이상해질 것만 같았다.

그리고 영적인 시야로 본질을 들여다보면 거기에 존재하는 것은 나락처럼 펼쳐진 바닥이 보이지 않는 심연.

이 세상의 모든 「사악한 것」을 모아 한데 응축시킨 듯한 혼돈.

그야말로 인간의 모습을 한 심연의 밑바닥.

만천의 색채와 혼돈이 자아내는 순수하면서도 「무구한 어둠」이었다.

"《무구한 어둠》의…… 본체?! 말도 안 돼, 말도 안 돼, 말도 안 돼……."

넋을 잃은 남루스는 고장난 축음기처럼 같은 말만 되풀이했다.

"……."
"……."
"……."

시스티나, 루미아, 리엘은 아무 말도 없이 넋이 나간 얼굴로 그 자리에 털썩 주저앉았다.
불행히도 인간으로서는 거의 최고의 경지에 도달한 탓에 이해해버렸기 때문이다.

절망.

저 무언가 앞에서는 그 두 글자밖에 존재할 수 없음을.
그것을 수식할 단어는 무엇 하나 필요하지 않음을.
이런 기분은 처음이었다.
지금까지 그 어떤 강적과 싸울 때도, 공포와 절망감에 떨면서도 가슴속 깊은 곳에서는 절대로 질 수 없다는 용기와 투지가 있었다.
부족할 때는 글렌에게 나눠받았다.
저티스와 싸울 때도 그랬다.

그런데도 지금은 용기와 투지가 눈곱만큼도 샘솟지 않았다.

글렌이 곁에 있어도 소용없었다. 아무런 보탬이 되지 않았다.

저것과 싸울 마음이 조금도 들지 않았다. 맞서겠다는 것 자체가 이미 논외였다.

단지 한 번 본 것만으로도 소녀들의 마음이 완전히 꺾여 버린 것이었다.

—우후훗! 너무 그렇게 쫄지 마세요, 선배님들! 정신이 망가지지 않도록 일부러 선배님들이 이해할 수 있는 모습을 취해드린 거니까요! 친근하게 느껴지게 말투도 이렇게 빙의체에 맞췄잖아요?

"……."

"……."

"……."

시스티나와 루미아와 리엘은 아무 말도 하지 않았다. 아무 말도 할 수 없었다. 아무 생각도 할 수 없었다.

들리고 있었지만, 들리지 않았다.

그 정도로 — 저 무언가 — 《무구한 어둠》은 압도적이고 격이 다른「신」이었다.

"……."

그러나 글렌만은 《무구한 어둠》을 응시했다.

「나, 신을 참획한 자」라는 문구가 새겨진 아르 칸을 쥔 채, 말없이 《무구한 어둠》을 똑바로 바라보고 있었다.

그러자 그 사실을 눈치챈 《무구한 어둠》이 나락 같은 미소를 지었다.

『**또 만났네요**. ……내 사랑스러운 그대, 글렌.』

“…….”

글렌은 대답하지 않았다.

『아니, 여기선 이렇게 불러드릴까요? 글렌 레이더스. 사람이면서도 신의 영역에 도달한 인간. 인간의 신. 이 다차원 연립 평행 우주 세계에서 살아가는 모든 인간들의 희망이자 수호신. 옛 신(엘더 갓) 《신을 참획한 자》라고요—.』

“…….”

글렌은 대답하지 않았다.

『이번에도 이렇게 다시 당신과 무사히 재회할 수 있어서 안심했답니다. ……왜냐하면 어째선지 **이번에는 여러모로 전개의 양상이 달랐거든요**! 하지만 그런데도 이렇게 저와 당신이 만났다는 건 역시 우린 운명인 거네요! 그쵸?』

그 말을 들은 순간, 글렌은 그제야 뭔가를 깨달은 듯 처음으로 짧게 대답했다.

“……**그래, 맞아**.”

하지만 이 자리에 있는 다른 이들은 아니었다.

“그게 무슨 소리야! 이건 또 대체 어떻게 된 일인데!”

그러자 가장 먼저 충격에서 벗어난 남루스가 《무구한 어둠》에게 캐물었다.

“글렌이 엘더 갓?! 뭐야 그게! 대체 무슨 소리냐구! 애초에 당신이 어떻게 이 세계에 온 거지? 대체 무슨 수로?”

『무슨 수라니, 뻔하잖아요? 그야 **이렇게 되도록 정해진 일**이었으니까요!』

《무구한 어둠》은 유쾌한 듯 시원스레 대답했다.

『내 권속을 불러들이는 피를 써서 이런 의식을 벌인다는 건 즉, 나더러 꼭 좀 이 세계를 멸망시켜달라는 거나 마찬가지잖아요! 타카스 쿠로랑 파웰은 내 눈을 속일 수 있을 줄 안 모양이지만, 그런 건 당연히 무리무리! 그 녀석들 따위가 내 눈을 속일 수 있을 리 없다구요! 솔직히 웃겨서 배꼽 터지는 줄 알았거든요? 이 세계에서 그 둘이 손을 잡고! 이 의식을 계획에 도입한 시점에서! 내가 이 세계에 강림하는 건 늦건 이르건 간에 정해진 운명, 필연적인 결과인걸요! 둘 다 내가 무서워서 어떻게 좀 해보려고 한 짓이었는데! 그게 오히려 날 불러들이는 결과가 되다니! 아아, 아이러니해라! 아아, 우스꽝스러워라! 아아, 가엾어라! 뭐, 사실 내 이번 등장은 왠지 평소와 달리 시기적으로 묘하게 빨랐는데 어째서일까? 흠, 아무렴 어때! 가끔은 이런 일도 있는 법이지!』

“아, 아까부터 대체 무슨 소리야! 알아들을 수 있게 말해! 《무구한 어둠》!”

같은 외우주의 사신《천공의 타움》인 남루스조차 무슨 말을 하고 있는 건지 전혀 이해하지 못했다.

『당신에게 설명해줄 생각은 처음부터 없었거든요~? 애초에 당신 따윈 상대할 가치도 없는걸! 그보다 내가 이 세계에 현현했다는 게 무슨 의미인지는 알고 있겠죠? 자, 그럼 이제부터 이 세계를 어쩔까? 이번엔 어떻게 즐겨볼까? 어떻게 조종해볼까? 어떻게 망가트려 볼까? 꺄하하하하하하하하하하!』

"……?!"

남루스는 깨질 정도로 이를 악물었다. 그리고 과거에 자신이 태어난 세계가《무구한 어둠》에 의해 어떤 결말을 맞이했는지 떠올린 순간, 반사적으로 소녀들을 돌아보며 소리쳤다.

"시스티나! 루미아! 리엘! 일어서! 저《무구한 어둠》은 인간을 가지고 놀면서 고통과 절망에 몸부림치는 걸 즐기고 그 세계를 엉망진창으로 만들어서 철저하게 멸망시키는 것만이 존재 이유인 빌어먹을 신이야! 거기엔 아무런 목적도 이유도 없어! 저건 처음부터 그런 존재라구!"

『아하하! 너무해~! 말이 너무 심한 거 아니에요? 난 신으로서 내 방식으로 당신들 인간을 사랑해주는 것뿐인데! 아하하하하하하하하하하하하하!』

"다들 일어나! 어서! 일어나서 싸워! 지금 여기서 저 녀석을 막지 않으면…… 우리의 소중한 세계가 멸망해버린다구!

그러니 제발! 일어나!"

"으…… 아……."

"아……."

"……."

그러나 시스티나와 루미아와 리엘은 아무 말도 하지 못하고, 꼼짝도 하지 못했다.

그저 겁에 질려 몸을 웅크린 채 숨을 몰아쉬며 떨기만 할 뿐이었다.

"너, 너희들……!"

『어머어머? 다들 마음이 완전히 꺾여버렸네요~? 뭐, 그래도 별 상관없지만요! 완벽한 상태여도 내 손가락 하나로 쓸어버릴 수 있을 정도로 힘에 차이가 나는데 하물며 타카스쿠로랑 싸우느라 체력과 정신력이 바닥난 지금 상태로는…… 응? 어라? 앗! 그렇구나! 항상 이 자리에서 치렀던 당신들의 최종 결전 상대가 이번에는 마왕 타카스 쿠로가 아니라 저티스 로우판이라는 엄청 재밌는 사람이었던가? 미안, 미안! 이런 전개는 처음이라 그만 실수해버렸네? 에헷♪』

"그러니까 아까부터 대체 무슨 말을 하는 건지 조금도 모르겠다구! 이번? 그게 대체 뭔데!"

마치 피에로처럼 호들갑스럽게 말하는 《무구한 어둠》를 남루스가 격노하며 물고 늘어졌다.

『조용히 좀 해요, 길 잃은 《전천사(발키리)》 씨. 어차피 《신을 참획한 자》의 졸개에 불과한 당신은 깊이 생각할 것 없이 제 역할만 다하면 그만이라구요. 뭐, 그런 주제에 주인님에겐 전혀 도움도 안 되는 쓸모없는 졸개지만 말이죠~? 이 무한한 분기 세계에서 혼자 영원히 개처럼 주인님을 찾아다니는 주제에! 꺄하하하하하하하하하하하하하하하하하하하!』

"뭐? 바, 《발키리》? 아니, 난 《천공의 타움》인데……."

『아, 진짜! 이러니까 존재시점이 낮은 저급신은…… 설명하기 귀찮으니까 태클 금지! 어차피 나중에 알게 될 테니까!』

《무구한 어둠》이 조롱하듯 혀를 내밀고 일방적으로 대화를 끊은 순간.

"머, 멈춰…… 《무구한 어둠》……."

"우, 우리 세계를…… 멸망시키게…… 둘 순 없어……."

"음…… 응……."

그제야 겨우 정신적인 충격에서 벗어난 시스티나와 루미아와 리엘이 비틀거리며 힘없이 일어났다.

각자 애써 전투태세를 취했지만, 얼굴에는 핏기가 없었고 마력은 완전히 고갈된 데다 몸은 마치 발작이라도 일으킨 것처럼 심하게 떨리고 있는 상태였다.

일어선 것까지는 좋았지만, 전혀 싸울 수 있는 상태가 아니었다.

여기서 《무구한 어둠》과 싸워봤자 결과는 불 보듯 뻔했다.

그건 영적인 시야로 확인하지 않아도 알 수 있었다.

존재의 격이 너무나도 달랐기 때문이다.

'틀렸어. ……저런 걸 상대로 이길 수 있을 리가 없잖아!'

영원처럼 긴 세월을 살아온 남루스조차 처음 느끼는 절망감에 머리를 부둥켜안고 눈을 질끈 감아버렸다.

'끝이야! 모처럼 여기까지 왔는데! 이런, 이런 불합리한 형태로…… 우연히 당한 사고처럼 허무하게 끝나버린다고?'

『아, 걱정하지 마세요! 여러분!』

그러자 《무구한 어둠》이 깔깔 웃으며 말했다.

『사실 이 시점에서 난 이 세계에 손을 댈 수 없으니까요!』

"어?"

『그야 이 세계의 이야기는 이미 끝났잖아요? 마왕 타카스쿠로…… 아, 이번에는 저티스 씨였던가? 그 사람과의 최종 결전을 무사히 마친 이 세계의 이야기는 그걸로 끝이니까요! 그러니 안심하세요!』

"그게 또 무슨……."

『그래요. 이제부터 시작되는 건 이 세계의 이야기가 아니라. 나와…… 사랑하는 **그이**의 이야기니까요!』

《무구한 어둠》의 나락 같은 미소가 어둠에 붉은 호선을 그린 순간.

쨍그랑!

공간에 균열이 생기는 듯한 소리가 크게 울려 퍼졌다.

아니, 실제로 공간에 균열이 생겼다.

글렌이 《아르 칸》을 휘둘러서 이 차원에 단층을 만든 것이다.

그 단층은 글렌과 《무구한 어둠》이 있는 공간과 동료들이 있는 세계의 차원 사이를 완전히 단절하고 있었다. 원래 무너지고 있던 곳이라 가능한 기예였다.

"……글렌?!"

"선생님?!"

"우오오오오오오오오오오오오오오오오오오오오오!"

단절된 차원 너머에서 《아르 칸》을 앞으로 겨눈 글렌이 《무구한 어둠》을 향해 돌진을 감행했다.

푸욱!

글렌의 검이 《무구한 어둠》의 가슴을 꿰뚫고 둘은 지근거리에서 서로를 노려보았다.

『아앙, 아파라♥』

하지만 신살의 검에 찔렸음에도 《무구한 어둠》은 여유로웠다.

『이거지, 이거! 우리 이야기의 시작은 역시 이거야! 당신의 듬직한 검이 내 소중한 곳을 찌르는…… 이 상황만큼은 언제나 늘 항상 매번 변하지 않아. ……아아, 진짜 최고♥』

"닥쳐! 마리아의 몸이나 내놔, 이 빌어먹을 자식!"

"글렌! 당신, 대체 어쩌려고 그런……!"

그런 글렌에게 남루스가 비통한 목소리로 외쳤다.

"그야 뻔하잖아! 이 자식을 나랑 같이 이 세계의 차원에서 잘라내서 이 차원수로부터 추방할 거다! 이제 남은 건 그 방법밖에 없어!"

"……?!"

"괜찮아, 나한테 맡겨만 둬! 나랑 이 자식이 어디로 흘러갈지는 모르지만…… 내가 지옥 끝까지라도 쫓아가서 언젠가 반드시 이 자식을 해치워줄게! 이 세계에는…… 너희가 사는 이 세계는 손끝 하나 못 대게 할 테니까!"

그 외침을 들은 남루스는 마치 불이 붙은 것처럼 소리쳤다.

"대체 무슨 생각을 하는 거야, 글렌! 그랬다간…… 당신은 두 번 다시 이 세계로 돌아올 수 없게 되잖아!"

""""……?!""""

그 말을 들은 시스티나와 루미아와 리엘이 눈을 크게 떴다.

"이 전 우주에 대체 얼마나 많은 수의 평행 세계가! 이세계가! 시간축이! 세계선이 존재하는지 알기나 해?! 이 차원수 분기 우주가 얼마나 광대한지 알기나 하냐구! 이 우주는 당신이 상상하는 것보다 훨씬 더 복잡기괴하고 넓어! 그런 곳을 아무런 표식도 없이 그런 식으로 표류하면…… 당신은 두 번 다시 이 세계의 이 시대로 돌아오지 못해! 당신과 영혼의 계약을 맺은 나조차…… 그런 광대한 시간 세계의 바다에서 당신을 한 번이라도 놓친다면…… 두 번 다시 당신을 찾을 수 없단 말이야! 그러니 멈춰, 글렌! 그 방법만은 절대로 안 돼!"

"마, 맞아요! 선생님! 그런 건 안 돼요!"

"응! 글렌, 안 돼!"

"멈춰주세요, 선생님! 분명 아직 다른 방법이 있을 거예요!"

소녀들이 황급히 글렌이 만든 단절 공간의 끝자락에 매달렸지만, 아무것도 할 수 없었다.

그녀들이 보는 앞에서 글렌과 《무구한 어둠》을 내포한 단절된 공간이 서서히 멀어지고 있었다.

천공성이 파괴되는 여파에 휩쓸린 글렌이 모습이 무한한 허공 너머로 멀어져갔다.

"루미아! 제발! 네 권능으로 어떻게 좀 해봐!"

"무, 무리야. 더는 힘이……."

"리엘은?!"

"으…… 미, 미안……."

"으, 으아아아아아아아아아! 바람이여! 부탁이야, 나! 나한테서 뭘 가져가든 상관없으니까! 그러니 바람이여! 바람이여어어어어어!"

시스티나가 울부짖으며 발버둥 쳐봤지만 소용없었다.

이미 한계를 넘어버린 그녀들의 현재 상태로는 더 이상 마술과 권능을 행사할 수 없었기 때문이다.

"콜록! 쿨럭! 거, 거짓말…… 거짓말이죠? 선생님……."

이제 소녀들은 울면서 멀어져가는 글렌을 그저 쳐다보는 것밖에 할 수 없었다.

"마스터!"

하지만 그 순간, 남루스가 나섰다.

"좋아! 알았어! 그게 당신의 선택이고, 당신의 운명이고, 당신의 각오라면! 이왕 이렇게 된 거…… 내가 당신 곁에 있어줄게! 지옥 끝까지, 세상 끝까지, 마지막 순간까지 내가 함께 해줄게! 그러니 하다못해 나만이라도 데려가! 당신은 내 계약자이자 마스터! 아직 늦지 않았어! 지금이라도 당신이 날 소환하면 이 단절된 공간을 넘어 간신히 그쪽으로 갈 수 있어! 그러니까! 제발! 글렌! 나, 만이라도……!"

남루스도 눈물을 뚝뚝 흘리며 필사적으로 호소했다.

"이 멍청아. ……내가 왜 널 그쪽에 두고 왔는데."

하지만 글렌은 거절했다.

"네가 이쪽으로 오면 누가 저 녀석들을 무너지는 천공성에서 지상으로 무사히 데려다줄 건데?"

"그, 그건……."

너무나도 충격적인 전개에 미처 의식하지 못하고 있었지만, 지금도 천공성의 붕괴는 현재 진행형이었다.

이대로 시간을 끌면 시스티나와 루미아와 리엘이 생환하지 못할 수도 있었다.

“레 파리아와 합쳐진 지금의 너라면…… 저 녀석들을 데리고 무사히 지상으로 귀환할 수 있잖아? 이건 마스터로서 처음이자 마지막 명령이야. ……부탁해.”

“…….”

“난 신경 쓰지 마. 뭐랄까…… 엄청 신기한 기분이긴 한데, 왠지 이렇게 될 것 같은 예감이 들었거든. 이게 자연스러운 결과라고 말이야. 응. 지금이라면 알겠어. 난…… **이걸 위해 존재했던** 거라고.”

“……!”

남루스는 잠시 고개를 떨군 채 몸을 떨었다.

“원망할 거야, 글렌……. 당신은…… 진짜 최악의 마스터였어!”

그리고 말을 간신히 토해내며 루미아의 등에 손을 대고 《황금 열쇠》를 끄집어냈다.

우느라 엉망이 된 얼굴로 그 열쇠를 머리 위로 든 순간, 흘러넘친 빛이 그녀를 중심으로 시스티나와 루미아와 리엘을 둥글게 감쌌다.

그렇게 만들어진 빛의 기둥 속에서 소녀들의 모습이 점점 흐릿해졌다.

"서, 선생님? 남루스, 멈춰! 잠깐만……!"

"싫어…… 싫어요, 선생님!"

"글렌…… 그, 글렌…… 아, 아아……."

이젠 어쩔 수 없었다.

더는 손쓸 방법이 없었다.

이러는 사이에도 천공성의 붕괴가 진행되며 글렌과 《무구한 어둠》의 모습은 차원 너머로 점점 멀어져갔다.

"선생님! 선생님! 안 돼요…… 이런 게 마지막이라니!"

"고마웠다……. 시스티나, 루미아, 리엘."

울부짖는 소녀들에게 글렌은 웃으며 말했다.

"너희들이 가르쳐준 덕분에…… 난 길을 찾았지. 그러니 이젠 괜찮아. 난 계속해서 나아갈 수 있어. 그저 포기하지 않고 계속 걷다보면 누구나 언젠가 목표에 도달할 수 있다는 걸 가르쳐준 너희들을 위해서라면…… 너희들이 있는 세계를 지키기 위해서라면…… 난 끝까지 나아갈 수 있어. 지금이라면 자신 있게 가슴 펴고 말할 수 있어. 난 「정의의 마법사」니까 말이야."

"이 바보오오오오오오오오오오오! 아니에요! 아니라구요! 그런 게 아니란 말이에요! 이 바보멍청이얼간이이이이이잇!"

울면서 매도를 퍼붓는 시스티나에게 글렌은 쓴웃음을 지었다.

"하하, 마지막 작별 인사인데 너무하구만. 뭐…… 응. 맞아. 좀 더 좋은 방법이 있을지도 모르지만…… 미안. 진짜 생각이 안 나네. 지금 우리가 직면한 이 세계의 위기를 구하려면…… 내 머리로는 이제 이 방법밖에 떠오르는 게 없어. ……마지막까지 삼류 마술사라 정말 미안하다."

그러자 《무구한 어둠》이 눈치 없이 웃으며 끼어들었다.

『나 참! 저런 끝나버린 이야기의 히로인들 따윈 내버려두고 슬슬 절 봐 달라구요!』

"닥쳐."

『우후후훗! 드디어 다시 시작되겠네요! 나와 당신의 이야기가! 이 세계에서 지금까지 당신들이 겪었던 이야기는 이제부터 시작될 나와 당신의 이야기의 전일담……「서장」에 불과했는걸요!』

"……닥치라고 했지."

『자, 평소처럼 즐겨보죠! 춤춰보죠! 사투(사랑)를 벌여보죠! 내가 도둑이고 당신이 술래! 헤아릴 수 없이 많은 무한 세계를 무대로 한 장대한 술래잡기 시작! 규칙은 당신이 날 쫓는 동안에는 내가 이 세계에 손을 대지 않는 것! 하지만~? 당신이 지거나 포기하면 벌칙으로 내가 직접 이 세계를 끝낼 거예요! 배드 엔딩 직행이랍니다~! 자, 이번에는 누가 이길까요? 풉! 물론 결과는 뻔하겠지만요!』

"입 다물어! 너만은…… 너만은 반드시 쓰러트려주겠어!

너처럼 장난삼아 세계를 멸망시키는 악신이 우리 세계를 함부로 건드리게 내버려둘 것 같아? 지옥 밑바닥이든 우주 끝까지든 미래영겁 널 추격해서 반드시 숨통을 끊어주마! 「정의의 마법사」인 내가!"

그런 대화를 나누는 사이에도 둘의 모습은 차원 단층과 함께 멀어져갔고, 남루스를 중심으로 발생한 빛의 기둥은 그 밝기를 더해 세상을 새하얗게 물들여갔다.

파앗!

그리고 시야 전체가 새하얗게 물든 순간, 갑자기 맹렬한 풍압과 더불어 무중력감이 느껴졌다.

어느새 페지테의 아득히 높은 하늘 위에 내던져진 시스티나 일행은 서서히 붕괴되며 사라져가는 《멜갈리우스의 천공성》을 올려다보는 자세로 추락하는 중이었다.

"이……."

하늘에서 떨어지는 시스티나는 사라져가는 천공성을 향해 손을 뻗었다.

그리고 외쳤다.

“이 변변찮은 인간아아아아아아아아아아아아아아아아아아아아아!”

흘러내린 눈물이 솟구치는 풍압을 타고 저 너머로 흩어지며 새빨갛게 타오르는 노을빛을 반사해 반짝이고 있었다.

————.

———.

——.

……이렇게 해서.

우리의, 이 세계의 존망을 건 싸움과 모험의 나날은 막을 내렸습니다.

끝난 직후에는 많은 일들이 있었지만.

그 후의 일상은 그 전까지의 혼란스러웠던 나날이 마치 거짓말이었던 것처럼 평화로웠습니다.

그리고—.

그날을 마지막으로.

선생님은 이 세계에…….

우리에게…… 다시는 돌아오지 않았습니다.

■작가 후기

안녕하세요, 히츠지 타로입니다.

이번에는 『변변찮은 마술강사와 금기교전』 23권이 발매되었습니다.

편집자님 및 출판 관계자 여러분, 그리고 이 시리즈를 지지하고 응원해주시는 독자 여러분께 무한한 감사를.

일단 먼저.

저번 권 후기에서 이 23권에서 모든 게 완결된다는 식으로 말씀드렸지만, 죄송합니다. ……그건 거짓말이었습니다.

왠지 예상보다 분량이 늘어나서 다음 24권이 완결입니다.

아무튼.

23권…… 아~ 결국 이 이야기를 쓰게 될 날이 왔네요.

글렌이라는 캐릭터를 설정할 때 마지막에 꼭 써보고 싶었던 전개.

어떤 의미로는 글렌에게 있어서 작중 최대이자 최강의 적이 이번 이야기의 중심이었습니다.

힘드네요.

솔직히 쓰면서 괴로웠습니다.

하지만 구원은 있었습니다. 적어도 전 그렇게 믿고 있습니다.

그리고 지금은 이렇게 생각합니다.

글렌 레이더스라는 캐릭터는 틀림없이 이 『변변찮은 마술 강사와 금기교전』이라는 이야기의 주인공이었다고요.

네 덕분에 여기까지 올 수 있었어. 이제 얼마 안 남았으니 힘내라.

Twitter에서 생존 보고 등을 하고 있으니 쪽지나 댓글로 작품에 대한 감상이나 응원을 남겨주신다면 정말 기쁠 것 같습니다. 주로 제가 우쭐대며 의욕 MAX가 되겠죠. 유저명은 『@Taro_hituji』입니다.

그럼! 다음은 최종권인 24권에서 뵙겠습니다!

히츠지 타로

■역자 후기

마침내 과거와 결별하고 미래를 향해 나아가기로 결심한 글렌의 이야기, 재미있게 읽어주셨을까요?

글렌과 세라의 이야기는 완결 전에 본편에서도 틀림없이 한 번쯤 다룰 거라 예상했었던 터라 드디어 올 게 왔구나 하는 느낌입니다. 아니, 실은 작중에서 『Project : Revive Life』의 실체가 밝혀짐에 따라 혹시 엘리에테처럼 흑화해버린 세라와의 꿈도 희망도 없는 전개가 진행되는 게 아닐까 걱정했던 적도 있었습니다만, 그래도 그런 최악의 예상보단 훨씬 온건(?)한 전개라 이걸 안심해야 좋을지 슬퍼해야 좋을지 모를 복잡한 기분 속에서 작업을 진행했던 것 같네요. 지금도 이렇게 후기를 쓰는 시점에서도 작가님처럼 왠지 가슴이 먹먹한 기분입니다.

그렇게 모든 것이 끝난 후, 결국 모습을 드러낸 진정한 최종보스와 그동안 베일에 싸여 있었던 글렌의 정체……! 기나긴 여정 끝에 마침내 방점을 찍는 『변마금』 시리즈와 오랫동안 우리와 동고동락해준 많은 등장인물들의 결말이 기다리고 있는 최종권도 함께해 주시길 바라며, 이만 짧은 후기를 마치겠습니다.

변변찮은 마술강사와 금기교전 23

초판 1쇄 발행 2024년 12월 10일

지은이_ Taro Hitsuji
일러스트_ Kurone Mishima
옮긴이_ 최승원

발행인_ 최원영
본부장_ 장혜경
편집장_ 김승신
편집진행_ 권세라 · 최혁수 · 김경민 · 최정민
편집디자인_ 양우연
국제업무_ 박진해 · 조은지 · 남궁명일
관리 · 영업_ 김민원 · 조은걸

펴낸곳_ (주)디앤씨미디어
등록_ 2002년 4월 25일 제20-260호
주소_ 서울시 구로구 디지털로 32길 30, 코오롱디지털타워빌란트 1301-1308호
전화_ 02-333-2513(대표)
팩시밀리_ 02-333-2514
이메일_ lnovellove@naver.com
L노벨 공식 카페_ http://cafe.naver.com/lnovel11

ISBN 979-11-278-7997-6 04830
ISBN 979-11-86906-46-0 (세트)

값 8,500원

L NOVEL
29
데스마치에서 시작되는 이세계 광상곡
아이나나 히로 지음
shri, 나가하마 메구미 일러스트
L NOVEL